هشام القروي

رواية

هشام القروي

ن

كتب أخرى للمؤلف

بالعربية

-أعمدة الجنون السبعة ، رواية، الدار العربية للكتاب، تونس ، 1983.

-التوازن الدولي من الحرب الباردة الى الانفراج، تونس، الدار العربية للكتاب .1985.

-النسر والحدود/ مقدمات لدراسة الواقع السياسي العربي، تونس، دار النورس.1989.

-مراكز البحوث الأمريكية ودراسات الشرق الأوسط. نشر مركز نماء. الرياض/بيروت. ٢٠١٣

بالفرنسية

-عراق ما بعد صدام، دار لارماتان ، باريس، 2005.

-إلى أين تتجه المملكة السعودية؟ دار لارماتان، باريس، 2006.

-المسلمون في أوروبا: كابوس أم قوة؟ دار لارماتان، باريس 2011 (بالاشتراك مع آرنو تاوش).

-إدارة بوش في الشرق الأوسط. دراسات الشرق الأوسط، باريس. 2013.

بالإنجليزية

-سنوات بوش في الشرق الأوسط(2000-2008) . دراسات الشرق الأوسط، باريس. 2012.

-الربيع العربي : صنع الشرق الأوسط الجديد. دراسات الشرق الأوسط، باريس. 2012.

-من 11 سبتمبر الى الربيع العربي: قصة الحب والكراهية بين امريكا والسعودية. دراسات الشرق الأوسط، باريس. 2013.

-الأبواب الدوارة للسلطة: تشكيل الوعي الأمريكي لدراسات الشرق الأوسط. دراسات الشرق الأوسط، باريس. 2013.

-الجبر السياسي لقيم التحولات العالمية: نماذج عامة وتطبيق على العالم الإسلامي. نوفا بريس. نيويورك. 1914. (مع آرنو تاوش وألماس هشماتي).

ن

حلم رجل آخر

ن

هـأنذا أعود إلى هذه المدينة "الغريبة"...
ومن البداية لاحظوا أنني وضعت "الغريبة" بين
ظفرين، وقد كنت أريد وضعهما للمدينة. غير
أن يدي انزلقت... أو... لا أعرف كيف أفسر
ذلك. لكنني لو تساءلت كل مرة تنزلق فيها يدي
عـن السـبب لانصرفت إلـى غـير مـا كنت أود
قوله. لذلك قررت... الآن... التوقف عن البحث
فـي الأسباب والمسببات. فـأنا بعد كل حساب
غير مطالب بذلك. إنني أقول الأشياء كما تأتي
وحسب. أي... أنني لا أكتب في الواقع بقدر
مـا ... تكتب يدي ما يمليه عليها عقل... أشك
فـي أنه عقلي. نعم... لا تبتسموا ...أرجوكم...
فالمسألة خطيرة إلى حد كبير. بل هـي أخطر

9

مما أتصور وتتصورون. ولن أبحث طبعا في الأسباب والمسببات. سأدخل رأسا في الموضوع.

إذن، لن أحدثكم عن شكي. كلا! الأفضل أن نبدأ باليقين. فنحن في النهاية نميل إلى الاعتقاد دوما أن "الشك طريق إلى اليقين"، كما قال الغزالي على ما أذكر. لكن... ماالذي يحول دون أن يكون اليقين هو بداية الطريق إلى الشك ؟.. في كل شيء... بما في ذلك اليقين ذاته. أي كل معتقداتنا، أو ما نسميه كذلك.

الأفضل أن أقول لكم من الآن أنني لم أكن يوما لأعتقد ذلك لو لم أصادف ذات يوم شخصا غير حياتي عن مجراها. هل كانت حقا صدفة؟ ما هي الصدفة إذن؟ هل هي على الأقل موجودة؟ هل تعني لكم شيئا محددا؟

أنـا لـم أعـد أومـن حـتى بـما يـسمى الصدفـة، لأنـني أعـلم يقينا أن لقائـي بـوليد الأرض لم يكن إلا... ممكنا. وقد كان العكس هو المستحيل.

من هو هذا الرجل ؟

نـعم. إنـني أسـأل مـعكم.لأنـني لا أعرفه فـي الواقـع. صـحيح أنـني التقيت بـه مـرات. صحيح أنني كنت في وقت ما صديقه، أو... لـنقل إنـني اعـتقدت ذلـك. لـكن مـاذا تـعني الصداقة بالنسبة لهذا الرجل الذي لم أره يوما يجلس - كالبشر - مـع البشر؟ وماالذي جعلني أرى فيه...(إنني الآن أتلعثم وأنا أريد الحديث عنه، كـأنـه حـاضـر دومـا؛ كـأنـه يمنعني مـن الإفضاء بسره!) أي سر هو؟ كان فيه - رحمه الله - شـيء إلـهي أو... لا أعرف كيف أحدد ذلك، لكنني سـأقولها رغم كل شـيء. نـعم. لقد

كان فيه شيء من الإله وشيء - عافاكم الله - من الشيطان!

أشعر وكأنه يضحك مني. ربما أخطأت في تحديد طبيعته. بلى. إنه يسخر مني حقا. وها ترتعش يدي. وها أحاول أن أكتب ... كلا. هل أكون غبيا إلى هذا الحد؟ لقد مات الرجل وانتهى أمره. لكن ما الذي يجعلني أرهب الحديث عنه؟ كيف أفسر هذا الخوف الغامض؟ لا شك أنني لا أزال مأسورا بتلك القوة الخارقة التي كانت تبزغ منه.

صدقوني. لا توجد كلمة أخرى تعوض هذا "البزوغ" الذي أتحدث عنه. بل ربما لا توجد كلمات لوصف طبيعة هذا الرجل المخيفة والآسرة. لعله كان ساحرا... لعله سحرني كما سحر الكثيرين. لا أعرف. ترى هل أهذي؟ هل فقدت عقلي تماما؟ هل سيطر إلى هذا الحد

ن

على ذهني؟ ترى هل أنا الذي يكتب أم هو؟ ترى... هل هذا صوتي أم صوته الطالع من أعماق الأرض؟ إن في الأمر سرا. وأنا لا أزال بعيدا عن هذا السر.

أحاول أن أفهم. أقرأ أوراقه. أعيد القراءة. أتساءل. من قتله؟ ولماذا؟ وهل مات حقا؟ أشك في ذلك. لكن المخطوطة التي وصلتني بالبريد واضحة مع ذلك تمام الوضوح. لقد أعدموه في الفجر.

شيء غريب! إنني لا أومن بذلك. إنها مجرد لعبة ، لا أكثر ولا أقل. بلى. إنها لعبة بالتأكيد. أما وليد الأرض... فهو الذي خطط كل شيء. خطط حياته، خطط موته، خطط اللعبة، وغاب في مكان ما. سوف يظهر بالتأكيد.
لكن ... أين؟ ومتى؟ وكيف؟

وبالانتظار...سوف أعود لأقرأ المخطوطة مرة أخرى، علني أعثر على دليل...

شيء غريب ! لا أقدر على القراءة. ما الذي يمنعني من العود إليها؟ (أعني المخطوطة). أحس بقوة ما تسيرني. وكلما حاولت القراءة انطمست الحروف وتداخلت الكلمات والسطور. لا أفهم شيئًا. هل هو التعب؟ كلا. لقد نمت جيدا البارحة ، واستيقظت هذا الصباح بفكرة مراجعة المخطوطة. لكنني عوض ذلك، خرجت كأنني سمعت صوتا يناديني إلى الشارع. تجولت ساعات في طرق تعبرها سيارات مسرعة. وحين وصلت إلى ملتقى طرق، كادت تدوسني سيارة. كنت كالغائب. فيم كنت أفكر؟ لا أدري... تعبت من السير. دخلت إحدى المقاهي. بحثت ...عنه... بقلق. لم يكن هنالك.

أقول بحثت عنه لأنني متأكد الآن أن الصوت الذي ناداني كان صوته بالذات.

أشياء غريبة فعلا تحدث في رأسي منذ عرفته.(هل حقا عرفته؟) نعم. دعنا من الهراء. لقد أعطاني مرة قصيدة كتبها. آه! بلى. كيف نسيت ذلك؟

جاءني يوما، كنت في المقهى الذي يقع في شارع... (نسيت اسم الشارع. لا علينا. لقد وقع ذلك منذ... عشر سنوات تقريبا). جاءني إذن، وقال:

- علمت أنك تكتب في النقد الأدبي... أصحيح ذلك؟

قالها بنبرة تكاد تكون جدية. لكن كيف أعرف؟ هل كان جديا حقا؟ أم كان يسخر؟ لقد شعرت - على أية حال - أنه لم يكن يسخر. أو لنقل إنه أشعرني بذلك. لم ينتظر إجابتي. جلس. وضع على الطاولة محفظة سوداء. لم تكن عيناه تحيدان عنها... مما جعلني أتوقع

كل شيء. ماذا كنت أتوقع بالضبط؟ لا شيء.
لكن ملامحه كانت توحي بالكثير. قلت في
نفسي: "لعله يريد أن يناقشني في بعض
أمور النقد". كلا. لقد كنت مخطئا. لم يكن
يريد أن يناقش، لأنه ظل صامتا برهة، ثم مد
يـده إلـى المـحفظة، فـتحها، أخـرج بـعض
الأوراق، وراح يبحث بينها، ثم... وقد بدا أنه
عثر على ما كان يبحث...قال:

- إنـني أتـرك لـك هـذه الأوراق... إنـها
ليست للنشر. كل ما في الأمر زنني مللتها...
(فكر قليلا... ثم أضاف): كلا...ليس هو الملل.
كيف أقول لك؟..
بدا كأنه متعب. كانت عيناه تبحثان بقلق عن
شيء مبهم.
واصل:

- إنها تثقل المحفظة...أترى ذلك؟
قالها بنبرة ساخرة. ثم وقف مستأذنا
في الانصراف.

ن

لم أقل شيئا.

رأيته يخرج من المقهى بقامته الطويلة ويغيب في الزحام. تناولت الأوراق التي تركها، ورحت أقرأ...

أبحث عن القصيدة. أريد أن أنقلها لكم. لا أجدها. غريبة! أين راحت؟ لعلني وضعتها هنا ونسيت. كلا. إذن، ربما وضعتها هناك... لا وجود لها!

كيف أفعل؟ هـل؟... كـلا. أحـاول أن أتذكر... أن ... آه! تذكرت. لقد حفظتها. نعم. بـالتأكيد حفظتها ... ولكن... لا أستطيع. لا أستطيع أن أتذكر حرفا واحدا منها. أي ألم ! أي ألم !

آه! هذه صورته.

يـالـي مـن أبـلـه ! كـلا ، إنـها ليسـت صورتـه. إنـه لا يشـبـه هـذا الرجـل أبـدا. هـذا الأنف ليس أنفه. والعينان، والفم... كلا. عجبا!

ومـع ذلك... يخلق الله مـا يشاء! إن الشبه بـين الصورة والرجل الذي أحدثكم عنه...

البارحـة، تناولـت فـطور الـصباح فـي الـبلكون. ومـن البلكون، كـنت أشـرف عـلى المدينة. كنت أرى العمارات والمباني تمتد إلى مـا لا نـهاية. أحسست فجأة أنـه هـناك... فـي أحـد تـلك الأقـفاص الـطويـلة. مختبئ وسـط الإسمنت... إنه لا يعرف أنني أعرف...

... وفي الجريدة، فاجأني هذا النبأ:
لـم أفـهم السـبب. فـهم لـم يـضيفوا أي

وطاويط كثيرة هاجمت البارحة في منتصف الليل مبنى وزارة الإعلام.

شرح.
قال لي أحد الزملاء وأنا أدخل المكتب:
- هل علمت بالقصة؟

ن

- كلا... أية قصة تعني؟

قال:

- وطـاويـط كثيرة هـاجمت مبنى وزارة العدل...

قلت:

- سبحان الله! وزارة العدل أيضا؟

- لماذا أيضا؟.. قال.

- لأنـها هـاجـمت وزارة الإعـلام فـي منتصف الليل.

قال:

- تعني وزارة الداخلية؟..

استغربت. ولم أضف شيئًا.

خفت أن يكشف لـي الحديث مـا كنت أتوجس.

وفـي الظهيرة، عدت إلـى البيت متعبا. تناولت غدائـي مـع زوجتي. تبادلنا كلمات تافهة. قالت لـي إن أمـها ستزورنا يوم السبت.

قلت "أهلا وسهلا بها". لم تعجبها كلماتي. كانت تريد ربما أن أقفز وأرقص تهليلا بأمها. كانت زوجتي تعلم أنني أخونها. لكنها لم تكن تعرف عشيقتي. ولم تطلب يوما أن أقدمها لها. وقد استغربت ذلك...

بعد الغداء، ذهبت زوجتي لتصلي الجمعة. هكذا قالت... لكنني لست أبلها. فأنا أعرف جيدا أين كانت "تصلي الجمعة"!.. ومع من... لكن ماذا أقدر أن أفعل؟ لو فتحت فمي، لكان الطلاق... وهو شيء لا يطاق. فالتكاليف باهظة. وأنا رجل فقير.

ابتعدت بكم.

يجب أن أعود إلى مخطوطة وليد الأرض.

فهمت الآن لماذا لم يتزوج. فقد كان أذكى مني... لا شك.

هـذا الرجـل يـأخـذ كـامـل وقـتي. لـقـد أصبحت مصابا بوليد الأرض. أية فكرة بلهاء! مـصاب بـه؟ أنـا؟ كـلا... يـجـب أن أجـد شـيئا آخر. هذه الاستعارة غير صالحة. ولكن لماذا أفكر به طوال اليوم؟ أحيانا أفيق فـي الليل، كـأنـني أسـتيقظ مـن كـابـوس مـرعـب. أراه منتصبا أمامـي. إنـه لا يـفارقـني. لقد أصبـح يـلازمـني كظـلي. أي بـؤس! هـل أتخلص مـنه؟ لماذا؟ ولكنه يقلقني. لم أعد أفكر بشيء آخر. إنـها مـصيبة فـي النـهايـة. ولكن كيف أفـعل؟ سـوف أتجنب الحديث عنه. نعم. إنها الطريقة الوحيدة. ولكن لماذا أكتب عنه؟ بلى. ألـم أقـل فـي البـدايـة إنـه مـارس عـلي سـحـره؟ لـنكن مـنطقيين. مـا الـذي جـعـلني أعـتقد أنـه... إلاه أحيانا؟ ولماذا رأيت فيه أحيانا أخرى شيطانا؟ ياللكارثة!

كلما حاولت إبعاد شبحه عن عيني، زاد التصاقا.

يجب أن...أقتله. كلا. هذا شيء فظيع.
أن أقتل رجلا؟ أنا؟ كيف؟ فضلا عن أنه ميت!
هـل يمكن أن أقتل ميتا؟ مستحيل. أترون ؟ لا
فكاك منه. إذن... ماذا أفعل؟

يبدو لي...

يبدو لي...

يبدو لي...نعم. لا شك.
إنـها أفضل طـريـقة. وإلا... فـهو الـذي
سيقضي علي.

إذن... لم يبق إلا أن أدعوه هذه المرة.
نـعم. سـوف أنـاديـه أنـا، عـوض أن
يناديني هـو، حتى نغير الأغنية قليلا. هه! ما
رأيكم؟ سوف أدعوه إلى هنا، وأسأله. أريد أن
أعرف منـه مباشرة ما يود قوله... ثم... من
هو... وليد الأرض هذا في النهاية؟

ن

الساعة تشير إلى الرابعة وثمان وخمسين دقيقة. صفير في أذني. أترقب قليلا. أعرف أنه سيأتي في تمام الخامسة.

الرابعة وتسع وخمسين دقيقة.

لا أشعر بالخوف. أحسني هادئا.

سوف يأتي.

إنها مسألة ثوان.

سيأتي.

الآن.

- أنت هنا؟

- نعم... أنا هنا.

- مرحبا بك...

يضحك. أسمعه يضحك.

- ما الدافع إلى الضحك؟

- أنت.

- أنا؟... وكيف؟ هل أنا الذي يضحكك؟

- نعم...

- لماذا؟ لا أفهم...

- قبل لحظات كنت تريد القضاء علي.

والآن أراك ترحب بي... أليس في هذا ما

يضحك؟

- ربما... ولكن ... كيف عرفت؟

ن

- أنا أعرف كل شيء عنك...

- تعرف كل شيء عني؟ هذا أمر...

- لماذا تصمت؟.. أكمل...إنني منصت
إليك...

- كيف يمكن أن تعرف ؟..

- لا شأن لك بذلك...

- أنت تهذي... كيف لا شأن لي؟ أريد
أن أعرف. من حقي أن أعرف...

- حتى لو عرفت ... لن يفيدك ذلك كثيرا
أو قليلا... الأفضل أن تسأل عن شيء آخر...

- أريد أن أعرف أولا...

- قلت لا شأن لك في ذلك.

- يا للسماء! أرى أنك تدري ما يجول
بخاطري قبل أن أنطق!

- إنني أعرف أشياء كثيرة في الواقع...
ولكن دعنا من هذا. لماذا دعوتني؟

- آها! أرى أنك لا تعرف هذا على
الأقل...

- إنها محض شكليات...

- حقا؟

- نـعم. كمـا أقـول لـك...هـل نـدخـل فـي الموضوع؟

- ماذا تريد أن تعرف؟

- من أنت بالضبط؟

- اسمي وليد الأرض...

- لماذا هذا الإسم الغريب؟

- هـل يتسـاءل أي إنسان لماذا سمي كذا أو كذا؟.. إنه اسم ككل الأسماء... وأنا أحمله منذ وعيت.

- آه!...(أشـعر بشـيء مـن الارتباك...) هل أحضر قهوة؟

- لا أريد إزعاجك.

- ليس هنـاك إزعـاج مطلقا... بودي لو نشـرب قهوة معـا... ونتحادث... إننا بعد كل حساب صديقان قديمان...

- لا أرى مانعا...

إذن، هــأنــذا أقــف لأحضر القهوة. أراه يجلس على السرير، في الغرفة التي أكتب فيها. لا يوجد كرسي آخر سوى هذا الذي أجلس عليه. أتركه هناك يتصفح مجلة، وأخرج من الحجرة. أدخل. إنه لا يزال على السرير. يتصفح المجلة. يرفع رأسه. يرمقني وأنا أضع القهوة على الطاولة وأجلس. فجأة يقول:

– ما هذا؟

يومئ برأسه إلى الكأس.

– إنها قهوة.

– أعرف أنها قهوة... لكن لماذا أتيت بكأس واحدة؟

– وهل كنت تريد أن أجيء بكأسين؟

ينظر إلي باستغراب:

– طبعا!

– يــا الله ! يــا رجــل ! ســوف تشــرب معي... ألا تريد أن تشرب معي؟

- في كأس واحدة؟ مستحيل ! ثم إنني
لا أشرب القهوة في كأس أبدا...
أشعل سيجارة دون أن أجيبه. يقول:
- إن المتعة...كل المتعة أن تشرب القهوة
في فنجان...
أقول هازئا:
- إذا كنت تريد فنجانا، فما عليك إلا أن
تتوجه إلى المطبخ... أنت تعرف الطريق حتما.
- لماذا حتما؟
- لأنك تعرف كل شيء ! ألم تقل ذلك؟
- أنت تهزأ مني...
- أبدا، أبدا !.. معذرة، ولكنك ترى أنني
مشغول جدا ... إنني أكتب...
- لكن... الضيافة والكرم و...
- أعرف... أعرف... الأصول تحتم علي
أن أقدم لك القهوة في فنجان وأقدم إليك علبة
سجائري أيضا... ثم ماذا بعد؟ أقول لك إنني
مشغول... ألا ترى؟

- بلى ، أرى جيدا... ومع ذلك... فليس من المعقول أن تدعوني ولا تضيفني كما تفعل مع أصدقائك عادة...

- معك حق... ألا تريد أن تشرب من كأسي؟

- لا...

- إذن، توجه إلى المطبخ.

- طيب! لا أريد قهوة. ولكن قل لي...ما الذي يشغلك إلى هذا الحد؟

- أنت...

- نعم؟

- قلت أنت...

- لقد سمعت... ولكن كيف؟

- إنني أكتب... ألا ترى أنني أكتب قصتك؟

- آه!.. فهمت الآن.

- أخيرا!

- نعم... ولكن لماذا تتعب نفسك بكتابة قصتي؟

- إنه شغلي...أنا روائي...

- منذ متى؟

- منذ تشرفت بمعرفتك.

- كل الشرف لي.

- شكرا...

- ولكن... لم تقل لي...

- ماذا أيضا؟

- هل تعرف قصتي؟

- لا.

- إذن كيف تكتبها؟

- أنت هنا لأجل ذلك.

- تعني أنك دعوتني من أجل أن أحكي لك قصتي؟

- تماما.

- طيب!.. ولكن... سوف تكتب الرواية (يبتسم بمكر)، وتنشرها، وتجني من ورائها

المال والاعتراف بمكانتك الأدبية... إن نجحت طبعا!..(نفس الابتسامة الماكرة).

- سوف تنجح.

-يا للغرور!

- قل ما تشاء... ولكنها ستنجح.

- طيب! لنفترض ذلك... ولكن... أنا...

- ما لك أنت؟

- ما هي فائدتي؟

لقد باغتني سؤاله. فعلا. لم أكن أنتظر أن يسألني مثل هذا السؤال. أفكر قليلا...ثم:

- فائدتك... فائدتك... وماذا تريد أن تكون فائدتك؟ سوف أخلدك. سوف أجعل منك شخصية لا تنسى...

- ومن قال لك إنني أريد ذلك؟

- آها!... اسمع يا سيد وليد... لن أسمح لك بإفساد مشروعي. لقد تعبت بما فيه الكفاية وأكثر... عشر سنوات... عشر سنوات وأنت تعذبني ليل نهار. أفكر فيك بلا انقطاع.

أراك في كل مكان. أسمعك في كل وقت. أصبحت كالمجنون. أصدقائي لم يعودوا يعرفونني. أتمتم في المقاهي والشوارع والمكتب والبيت. وليد الأرض! وليد الأرض! وليد الأرض!.. كدت أطلق زوجتي من أجلك. كدت أنسى أعمالي وأهمل كل شيء من أجلك... سافرت إلى الشرق والغرب والشمال والجنوب وراءك. ضيعتني. أهلكتني. لا يمكن أن أخلص منك إلا بكتابة قصتك. يجب أن أقدمك للناس. يجب أن تخرج من رأسي، هل تفهم؟ يجب أن تخرج. وإلا ... جننت، وقضي علي...

- مهلا، مهلا!.. يا أستاذ. تقول إنني في رأسك؟

- أقول يجب أن تخرج منه.

- ولكنك مخطئ... أنا لست في رأسك.

أما هذه!.. لم أجد ما أقول.

أصمت قليلا. أشعل سيجارة أخرى. أتفرس فيه جيدا... معه حق! إنه ليس في رأسي أبدا. إنه أمامي، هنالك على السرير المفروش بغطاء من الصوف الأزرق. يرقبني بعينيه الزيتونيتين بصمت. ملامحه لا تختلج. لا حركة سوى حركة يديه الكبيرتين ذاتي الأصابع الطويلة، وهي تدير أوراق المجلة دون أن يغض عني الطرف. نظراته حادة. أكاد أقول... وقحة. أععود إلى ورقتي. أحاول التركيز. أحس عينيه تخترقاني. أحسهما تتخللان رأسي باحثتين، مفتشتين بإصرار شرس. أسأله:

- عمَّ تبحث؟
- يبتسم بدهاء.
- أبحث عن السر.
- أي سر؟

أشعر بقشعريرة تسري في كامل بدني. أي ملعون هذا الرجل!

- أتراك نسيت؟

لا أفهم ما يعني. أم ... هل أنني فهمت؟ لذلك أشعر بكل هذا الخوف!

- ماذا تعني بـ "نسيت"؟ ماذا كان يجب ألا أنسى؟..أو ما المفروض أن أتذكر؟

- السر!

يا للملعون!

- أي سر تعني؟ أفصح.

يتفرس فيّ طويلا، ثم:

- ألم نتعاهد؟

- لا... لا أذكر.

- عجبا!

- أرجوك! لا تهزأ... إن أعصابي...

- مرهقة!

الملعون! أحس الدم يتصاعد إلى رأسي. أكاد أنفجر. لكن...لا. لنهدأ. لن أعطيه الفرصة التي ينتظر ليوقع بي. فهمت لعبته.

لقد صـارت أكثر مـن مكشوفة. يريد إيهامـي بـأنه - هـو - الذي يسيطر علي... كلا! لن أقع في الفخ.

- لـم نـتعاهـد أي عهـد... والآن أرجـوك. اصمت قليلا. أريد تركيز أفكاري. إنها ليست لعبة. إنه شغل. هل تفهم؟ شغل.

نـفس الـنظرة الـنافـذة. بـرهـة... ثـم يخفض عينيه. هـه! لقد خاف. أجل. لا بد أنه خاف.

إنـه فـي النهاية مجرد فكرة. إنه فكرتي أنا. طبعا! ألا يعلم ذلك؟ أم تراه يستبلهني؟ لن أقع في فخه. أعرف أنه ماكر. ولكني أشد منه مكرا. سـوف يذعن فـي النهاية. سوف أجعله يـتكلم، ويـقول مـا أريـد - أنـا - أن يـقول. لـن يجرنـي وراءه إلـى مـهاوي ومتاهـات لا خـروج منها. كلا. لقد تعبت من الجري وراءه. عشـر سنوات - ربـما أكثر - قـضيتها أجوب الأرض باحثا عن حقيقة ظننت أنها موجودة فـي كل

مكان سوى المكان الذي كانت فيه حقا. عشر سنوات وأنا أطوف المدن والموانئ والمطارات والقرى والأرياف والصحاري والغابات والجبال والوهاد. لم أترك مكانا واحدا لم أبحث فيه عن هذه الحقيقة. يا لغروري! نعم. كنت مخطئا، ومغرورا. معه حق في ذلك. ولكن ماذا كان بإمكاني أن أفعل سوى ما فعلت؟ والآن هل انتهى كل شيء؟ ما الذي يجعلني أعتقد ذلك؟ ما الذي يجعلني أعتقد أنني أعرف؟ أليس هذا غرور أيضا؟ ما الذي يدفعني إلى مثل هذه الاعتقادات؟ ولكن... مهلا! مهلا! عن أية حقيقة تراني أتحدث؟ ووراء من كنت أجري خلال كل هذه السنوات؟ لا، بل... هل حقا تهت عشر سنوات باحثا في كل مكان، أم تراني لم أتحرك من غرفتي هذه، ومن هذا المكان بالذات؟ ولماذا اعتقدت أنني سافرت وركضت وراءه؟ ما الذي دعاني إلى هذا الاعتقاد؟ هو؟   مهههممممممم!!! ربما!.. في

النهاية، لم أعد أعرف. ولكن، من هو.. هو بالذات؟ ماذا يعني أن يكون وليد الأرض؟ لا...لا ... ماذا يعني أن أقول إنه فكرتي؟ هل هو فكرتي حقا؟ أليس له وجود مادي؟ ألست أراه...هنا؟ ... أمامي؟ ... ببدلته السوداء، وربطة عنقه التي لا تقل سوادا، وقميصه الأحمر، وحذائه الأسود والأحمر... إنه أنيق! ما زال يتصفح المجلة صامتا. أين كان قبل أن أناديه؟ لأسأله:

- أستاذ وليد...

يتصفح المجلة دوما...كأنه لم يسمعني!

لعله لم يسمعني حقا.

- أستاذ وليد الأرض...

دون أن يرفع عينيه، يقول بصوت خفيض، صوت قراري:

- نعم.

- أردت أن أسألك... أين كنت قبل أن... أدعوك؟

يستند بظهره إلى الجدار. وبهدوء يمد يده إلى جيبه. يخرج علبة سجائر. يتناول سيجارة يضعها في فمه. يعيد العلبة إلى جيبه. نفس الحركات الهادئة. يخرج ولاعة. يشعل سيجارته. يمج الدخان ببطء. عيناه باردتان. أهدابه لا تختلج. يتكلم وهو ينفث الدخان من أنفه وفمه:

- لا أعرف بالضبط... يخيل إليّ أنني كنت في كل مكان دون أن أكون قد سافرت حقا... (كلماته بطيئة. أنصت إليه بانتباه كبير.) كيف أقول لك؟ كنت... كأنني مسحور... هل تفهم؟.. (ينظر إليّ شاردا...) لا أعرف كيف أفسر لك بدقة... ولكن... لقد سافرت بالفعل إلى بلدان عديدة، وعرفت شتّى الناس، وحدثت لي أحداث غريبة وعادية، مثلما يمكن أن يحدث لأي مسافر... غير أنني كنت طوال سفري ...كالمسرنم... أترى؟ أو...

كالمنوم مغناطيسيا... لا أعرف... ولكني أتساءل أحيانا هل كنت أنا حقا الذي حدث له كل ذلك أم كنت مجرّد... حلم؟.. حلم رجل آخر!..

أفلتت مني الكلمات:

- غريبة! أنت أيضا؟

- أنا أيضا؟ ماذا تعني؟

- أعني أنني أتساءل مثلك...

- نحن في نفس الوضع إذن!

أنا صامت. ولكنه... يضحك...

يضحك... ويقهقه.

أقول له:

- اسمع... يبدو أن الأمور بدأت تتعقد... وهذا شيء حسن بالنسبة للرواية التي أكتبها... لكن يجب مع ذلك أن تعينني الآن على توضيح الأشياء للقارئ...هه! ما رأيك؟

يصمت.

- سوف تعود إذن إلى البداية...

- أية بداية تعني؟ وهل هناك بداية؟

- عفوا! لم أفهم...

- لست الوحيد... أنا أيضا لم أفهم.

- كيف؟ أتزعم أن البداية غير موجودة؟

- كلا...هناك بدايات كثيرة. وعليك أن
تختار واحدة منها.

- آه! طيب! ظننت الأسوأ... إذن، ليس
عليك إلا أن تسرد عليَّ جميع البدايات، وأنا
أختار واحدة منها...

يقهقه. أحدق فيه كالأبله.

- عجبا! ما الداعي إلى الضحك؟

ينظر إليّ بسخرية... ويقهقه... يقهقه
كالمجنون.

- ولكن ما الذي يضحكك إلى هذا
الحد؟

- أنت. أنت أيها المجنون!

ينقطع فجأة عن الضحك.

- كيف اعتقدت أن ذلك ممكن؟

- ماذا تعني؟

- تريد أن أسرد عليك جميع البدايات...

- نعم. ما الغريب في الأمر؟

- ولـكنه مسـتحيل... مسـتحيل أيـها المجنون! هل تفهم؟

يعود للضحك.

- مستحيل؟ لماذا؟

يصمت... ثم بجدية:

- لأن ذلـك سـوف يسـتغرق حـياتـك بأسرها ولن تنتهي قصص البدايات...

- أنت مجنون!

- بل هو أنت!كيف يمكن أن تعتقد مثل هذا الاعتقاد السخيف؟

- ولكنه ليس سخيفا أبدا...

- أنت تظن ذلك...

- نعم... وما المانع؟

- اسمع يا صديقي... يجب أن تفهم أنني رجل مشغول جدا أيضا... أكثر منك... أكثر مما تتصور... هل تعتقد أنني سأقضي حياتي معك في هذه الحجرة لا لشيء إلا لأسرد بدايات قصصي؟ أنت مخطئ... يجب أن تجد شهرزادك يا أستاذ...

- مهلا! مهلا! أعتقد أننا سنتفاهم في النهاية. إنني لا أريد أن أحبسك عندي...

- لن تقدر على ذلك بأية حال...

- طيب! لنفترض ذلك... ولكني خلقتك... لا تنسى أبدا.

- خلقتني؟

- طبعا! ماذا كنت تتصور؟ أنت فكرتي... فكرتي أنا. لا وجود لك قبل ذلك أو بعده... لا وجود... هل تفهم؟ أنا الذي بعثتك حيا... وصورتك كما شئت... كيف أمكنك أن تظن لحظة واحدة أنك سيد نفسك المطلق؟ إنك لست سوى شبح... مجرد صورة... لا أكثر...

إنك آلتي أنا ... مهما تحررت... مهما ركضت
شرقا وغربا ... شمالا وجنوبا ... فأنت ستعود
إليّ في النهاية ... ستعود ... ستعود ...

ن

جاؤوا في الفجر.

طرقوا الباب طرقات عنيفة. انتزعت نفسي من الفراش. تحركت نحو الباب حركات آلية. كنت لا أزال دائخا أو نائما أو مخدرا... أو... ما يشبه ذلك! لا أعرف.

فتحت.

دهشت لرؤية المسدسات الموجهة إلى صدري. لم أفه بكلمة. لم أجد ما أقول. كانت وجوههم نصف مقنّعة بنظّارات سوداء كبيرة. كانوا أربعة.

- أنت وليد الأرض؟

همهمت :

- نـ... نعم.

- خذوه.

وفي لحظة، وضعوا على عيني حجابا. وفي الظلام، قيدوا يديَّ. وساقوني إلى عربة، دفعوني على المقعد. لم أقل شيئًا. لم أر شيئًا. لم أفهم شيئًا. فقط... سمعت محرك السيارة يدور. كنت في طريقي إلى المجهول... مع...

الوطاويط

ن

يقول وليد الأرض:

هذه القصة ليست قصتي. إنها قصة مدينة، تسمى... ن.

فتحت عينيّ ذات يوم بين فخذين طريين. سحبوني من رأسي ووضعوني في آنية كبيرة. كانت الآنية - التي يسمونها قصعة - ملأى بالماء الفاتر. غسلوني. ثم ألبسوني بياضا. وأعادوني إلى حضن امرأة قالوا: أمّه. حفظت الكلمة. مدّت لي المرأة شيئا مكوّرا... عرفت فيما بعد أنه نهد. بحثت بفمي عن الحلمة. كنت أحدس أنني سأجد فيها شيئا يهدئ من الجوع الذي أشعر به. وبالفعل، ما أن وضعت فمي على تلك اللحمة الصغيرة السمراء وطفقت أمتصّها حتى شعرت بسائل لذيذ يملأ فمي. عرفت فيما بعد أنه الحليب.

آه! ما ألذّ ذلك الحليب!

طوال حياتي، سوف أبحث عنه في نهد كل امرأة. طوال حياتي، سوف أشعر كلما احتضنتني امرأة أنها أمي... وطوال حياتي، سوف أبحث عن السرّ.

كيف جئت من ذلك المكان الخفي والغامض؟ من أين دخلت إليه؟ وأين كنت قبل أن أدخله؟

عرفت فيما بعد أنني انزلقت وسط قطرة صغيرة من المني إلى ذلك المكان الساحر. وكان وراء تلك العملية التي بعثتني إلى الوجود رجل يسمّى ...أبي.

من هو أبي؟ ومن هي أمي؟ وما سبب اجتماعهما؟

أنا!

صوت ما يقول لي: نعم! أنت!

إذن، لو لم أكن أنا... لما وجد أبي وأمي، ولما اجتمعا؟

ن

لا. هذا غير معقول.

كان يمكن أن يجتمعا وينجبا غيري.

إذن... لست السبب. أنا المسبّب. وفي يوم ما سوف أسبّب وجود إنسان يقول عني نفس الشيء. ربما... مع اختلاف طفيف.

لكن ليست هذه هي القصة. لنمرّ.

من أين يمكن أن أبدأ القصة؟

كانت تلك ولادتي الأولى. غير أن الانسان يولد ويموت عديد المرات في حياة واحدة. عرفت ذلك بعد تجربة طويلة من السفر والرحيل إلى كل مكان. وعرفت أيضا أنني في الحقيقة لم أتحرك من مكاني. وأن كل ما عشت لا يعدّ شيئا قياسا بما لم أعش بعد.

إنني رجل بلا أوهام.

صحيح أنني أحلم أحيانا. لكن الحياة كلها حلم. وربما كان الموت حلما أيضا.

هناك من ينتحرون. ذلك على الأقلّ ما نقوله نحن عنهم. ونرى فيه شيئًا فظيعا. لكن في الواقع، هناك أنواع عديدة من الانتحار. وهناك من يظن أنه حيّ وهو ميت. وهناك من نظن أنه ميت وهو حيّ. ما الفرق إذا بين الموت والحياة؟

لا فرق في النهاية إلا الفرق بين الحلم والحلم.

إنه الفرق بين حلمين، ربما يختلفان في التفاصيل، ولكنهما يتجانسان في الجوهر.

أما عن الغاية من كل ذلك، فلا تسألوا.

إنني لا أعرف أكثر أو أقل مما تعرفون.

سوف أحدثكم إذا عن مدينة ن.

فاسمعوا...

إن مدينة ن ما كانت لتوجد لو لم توجد ذات يوم امرأة تسمّى... سنوت.

كانت سنوت - على ما يقال - امرأة ذات جمال أسطوري، فضلا عن كونها كانت بحد ذاتها أسطورة.

يقال إنها أتت في قديم الزمان على رأس جيش كبير غازية. من أين جاءت؟ وكيف؟ يجب أن نعود هنا إلى كتب التاريخ. لكن كتب التاريخ لا تكفي...لأن مدينة ن دمرت آلاف المرات وأعيد بناؤها في كل مرة على أيدي غزاة جدد. إنها شبيهة بفسيفساء عظيمة من الأجناس. وهي اليوم تمتد آلاف الكيلومترات على ساحل البحر. وقد تحولت إلى عاصمة من أكبر العواصم في العالم. لكن... من يعرف تاريخ ن القديم؟

لا أحد.

لا تستغربوا...لأن قصة سنوت تغوص في آلاف السنين، بحيث تغيرت كليًا. وهل يمكن لسنوت - لو عادت اليوم إلى مدينتها

وتمكنت من قراءة ما كتب عنها المؤرخون - أن تعرف نفسها؟

لا أظن.

إنني أعود اليوم، بعد سنوات طويلة، إلى هذه المدينة التي أحب، وأفكر بجدية في إعادة كتابة تاريخها. غير أنني لم أعثر على ما يفيدني من أجل تحقيق هذا الحلم.

وهأنذا أحبس نفسي ساعات وساعات بين الكتب القديمة. أقرأ وأعيد. أتفحص أقوال الرواة، وأقارنها ببعضها البعض. ثم هأنذا في ليلة من ليالي هذا الخريف أقرأ هذه الفقرة الغريبة في كتاب يسمّى: «قصة ن الأخرى»، لمؤلفه الحاج الطاهر بن الطاهر بوخطوة، حيث يقول:

«...وفي القرن التاسع عشر، وضح لجميع الناس أن الولي الصالح سيدي حمزة السنوتي لم يكن سوى آخر حفيد من أحفاد الملكة سنوت مؤسسة مدينة ن».

ن

لم أجد شرحا آخر. وكم كنت أود لو حدثنا الحاج الطاهر بن الطاهر بوخطوة عن هذا الحفيد الأخير. لكن...لا شيء وقع من ذلك.

وكما تتوقعون طبعا، لم يبق عليّ سوى البحث عن هذا الرجل الصالح. وهكذا بدأت أسأل الأصدقاء والعجائز والشيوخ دون أن أستغني عن مراجعة جميع الكتب التي يمكن أن ترشدني إليه...دون جدوى.
لم أجد دليلا واحدا على وجود هذا الرجل. كأنما الأرض انفتحت لتبتلعه مع آخر ما ابتلعت من آثار سنوت.
كدت أيأس.

ذات ليلة أخرى من ليالي هذا الخريف، كنت أسير في مشوار على ساحل البحر. كان الليل مظلما. وكانت السحب تمتد مثل رداء

غامض يغشي المدينة من جهة ويلتف على البحر.

كنت أفكر بسنوت. هذه المرأة الأسطورية التي يقال إنها كانت تضاجع رجلا كل ليلة لتقتله في الفجر، وتشرب من دمه حتى الثمالة. وحين تعبت من السير دخلت إحدى البارات.

كانت حانة من تلك الحانات التي يؤمها البحارة معربدين بين رحلتين. لكن الشيء الذي لم أنتبه إليه إلا فيما بعد، هو أنني لم أكن قد رأيت تلك الحانة أبدا قبل ذلك اليوم... مع أنني كنت أسير كل ليلة تقريبا في نفس تلك الطريق.

وما أن عتبت الباب حتى وجدت نفسي منقذفا إلى عالم من الصخب والأضواء الوسخة والعنف، لا مثيل له. وانجرفت وسط السيل البشري الراقص. كانت الأبواق تصدح بالموسيقى. وكانت الوجوه كلها مقنّعة. رجال

ونساء، عرايا وأنصاف عرايا، يلبسون رياشا ووجوهـا حيوانية. ثعالب وذئـاب وكلاب وقردة وبـبغاوات وثـعابـين تـزحـف وضـفادع تـنقّ وأحصنة تصهل وحمير تنهق وتماسيح تبكي وفيلة وزرافات وأيائل وفراشات وخراف وقطط ونمل عملاق و...غابة حقيقية! فجأة، أحسست يـدا قـوية تسحبني من الدوامـة. التفت. رأيت امـرأة-لـبوة تـطوقـني وتـغمرنـي. وفـي بـضع لحـظات، جذبتني معها إلـى دهـليز مـعتم. أحسست يدين قويتين تنزعان عني ثيابي. لم أقدر أن أفعل شيئا. وهل يمكن أن أتقهقر الآن وقد جئت بنفسي إلى هذا المكان العجيب؟ لم يبق علي إلا أن أطيع، وأتركهم يفعلون بي ما يـشاؤون. هـكذا حـدثت نـفسي. والـواقـع أن الفضول كان أقوى من كل شـيء. لقد كنت أريد أن أعرف كيف سـتؤول الـقضية. تـرى، لماذا أتحدث عن قضية؟ إنها غير موجودة. كلا،

الـحقيقة أنـني لـم أكـن - ومـا زلـت - لا أعـرف بالتحديد ما جئت أفعل في ذلك المكان الغريب.

ساقونـي إلـى قاعة أخرى يفضي إليها ذلك الدهليز. وجدت نفسي فـي بهو رخامـي تـتوسـطه فـسقية. ووسـط الـفسقية كان نـمر حجري عظيم فاتحا فمه.

جـاء أربـعة رجـال-وطـاويط. حـملونـي عـاريا كما ولدتني أمـي، وطاروا بـي إلـى فم النمر. أغمضت عيني، حتى لا أشعر بالخوف. ورغم ذلك أعترف أنني كنت خائفا. أحسست أننا وصلنا، ففتحت عيني. كنا وسط فم النمر على ما يبدو.

إنـها قاعـة تشـبه معبدا. هناك أعمـدة رخامـية، ومدرج كبير يعلوه مذبـح. وفـي زاوية أخرى مـن القاعة كان هنالك عرش مرصـع بأنفس الجواهر. شيء لا تصدقه عين. قلت في

نفسي «لا شك أنني أحلم». والتفت. لم أر الوطاويط الأربعة، ولا المرأة-اللبوة. لم أر أحدا. كنت وحدي. فجأة...دخل شيخ ذو لحية بيضاء طويلة وجلباب أحمر. تقدم مني. ولما صار على بعد خطوتين رأيت بين ذراعيه جلد نمر.

قلت:

- ما هذا؟ ومن أنت أيها الشيخ؟

قال:

- البسه.

تناولت الجلد، وفعلت ما طلب مني.

قال:

- اتبعني ولا تسأل، ولا تتكلم إلا إذا سئلت.

تبعته.

دخلنا قاعة أخرى مضاءة بالشموع. تقدمنا بين صفين من النمور المقرفصة. الغريب أنني لم أعد أشعر بالخوف. كنت كأنني في حلم. وربما كنت أحلم حقا. لكن ما وقع بعد

ذلك جعلني أؤمن بأن كل شيء ممكن في هذه الحياة...حتى أغرب الأشياء!

كنت أتبع الشيخ إذن. ولم أكن أعرف من هو ذلك الشيخ. وها هو يلتفت فجأة ليقول لي ونحن على بعد خطوات من عرش آخر أكثر جلالا وعظمة من ذلك الذي رأيت في قاعة الفسقية:

- أنا الذي تبحث عنه أيها الرجل...أنا الولي الصالح حمزة السنوتي، وهذه المرأة التي ترى هي جدتي... الملكة سنوت.

في حضرة الملكة سنوت

هشام القروي

ن

رفعت عيني...

كانت هنالك، تتبوأ العرش.

هـل رأت عيناي أجمل مـن تـلك المرأة؟ أبدا! لقد تحجرت في مـكاني. شـعرت أنني كلما أمعنت النظر فيها ازددت تحجرا، وفقدت السيطرة عـلى نـفسي. لـم أعـد أحـس أنـني إنسـان ككل الناس. كل الناس؟ مـاذا تـرانـي أقـول؟ وأي نـاس؟ لـقد شـعرت أنـني بـصدد التحول إلى كائن لا علاقة له بالبشر. شـيء بـين الاله والشيطان. وكان ذلك التحول يطرأ بمجرد النظر إلى الملكة سنوت. لا أكثر. هكذا كنت أحس.

على أن كل ما أقوله الآن لا يعني شيئا. إنه مجرد هراء! إنه خيانة للحقيقة. ولكن كيف

أقول الحقيقة التي لا تتسع لها اللغة؟ كيف أقول ذلك السحر الذي يفوق كل وصف؟ آه! لكم أجدني عاجزا وضعيفا الآن وأنا أحاول ببلاهة قول ما لا يقال وتسمية ما لا يسمى. آه! حقا! إنني لحزين وبائس أشد البؤس في هذه اللحظة. أبدا، لن أقدر على القول. أبدا، لن أجد الوسيلة التي يمكن أن تحمل عني هذا الوزر. إن الحمل لأثقل من أن تتحمله اللغة التي نكتب بها. كلا... لن أستطيع.

كيف أصف لكم إذا ما حدث؟

كيف يمكن أن أنقل لكم الحياة الحقيقية دون أن أحطمها؟ يا لغروري! ما الذي دفعني إلى مثل هذا الاعتقاد؟ وما الذي يدفع أمثالي إلى الكتابة؟ أي أمل هو؟ أي سخف؟ كلا... إنني أطلب عفوك أيتها الملكة الجليلة. إنني أطلب غفرانك. ما كان علي أن أتحمل عبء الحديث عن لقائي بك.

ن

ما كان علي أن أخوض فيه. إنه لجهل
وصلافة. وأنا أعترف بذلك.
إنك أكبر من أن توصفي، وأسمى من
أن تسميك اللغة.
غفرانك يامولاتي.
غفرانك يامولاتي.
غفرانك يامولاتي.

هشام القروي

الخروج من حالة النمر

ن

آه ! هنا يجب أن أتدخل. إنه يبالغ في النهاية. لن أسمح له بالهذيان. هذه رواية وكاتبها يحترم نفسه ويحترم قراءه ، وليست خرافة للمجانين. ما هذا يا وليد الأرض؟ هل جننت؟ عن أية نمور تحكي ومتى وكيف أمكن أن يحدث هذا الذي تقول؟ إنه شيء لا يصدقه عقل. هل تعتقد أننا أغبياء؟

- مهلا، مهلا، مهلا ! يا سيدي. لم كل هذا الغضب؟

- لم كل هذا الغضب ؟ هل تستبلهني؟ ليست هذه هي القصة. إنك تزور الحقائق وتداور وتتلاعب بالقراء... هذا شيء لا يمكنني السماح به. أتفهم؟

- وما شأنك والقراء أنت؟

- كيف... وما شأني أنا؟ هل جننت؟ أم تراك تعتقد أننا نشترك في كتابة الرواية؟ لم يبق سوى هذا !

- كلا، كلا ! لم أزعم هذا أبدا...ليس لي...طموحك الأدبي، يا أستاذ!

- هل تهزأ مني؟

- معاذ الله ! وهل أسمح لنفسي بذلك ؟

- إذن، مـا هـذه السَّـلطة؟ إنـك تـقول أشياء لا تكملها، وتدخل في عوالم غير معقولة، وتتحدث عن أشياء لا علاقة لها بالواقع...

- أنا آسف.

- هذا كل ما تجد قوله ! «أنا آسف» ! وهل يفيدني أسفك في شيء؟ لقد ضيعتني أيها الأبله. أعطيتك الحرية في الحديث ولم تكن جديرا بثقتي. بدأت تتحدث عن وطاويط أخذتك إلى المجهول. وكان حريًا بي أن أوقفك من هنا، إذ كيف يمكن أن يحدث هذا؟ وطاويط ؟ إنه شيء لا يعقل. ولكني مع ذلك تغاضيت

عن القضية وقلت سوف يفسر لنا كل شيء بالتأكيد. إنها مسألة تشويق، لا أكثر. وما راعني إلا أن أرى السيد وليد الأرض يقفز من الديك إلى الحمار، ويتحدث عن ولادته، ثم يقول إنها ليست قصته بل هي قصة مدينة ن، ويزعم أن ملكة أسستها، ثم يشرع في التخريف صراحة. أية ملكة هذه الـ«سنوت»، وأية مدينة هذه الـ«ن» ، وما علاقة النمور والسباع والوطاويط بالواقع الذي نعيش؟ هل تريد أن يقول النقاد عني إنه مجنون؟ ما هذه الفوضى يا أخي؟

- أنا آسف.

- هذا كل ما تجد قوله؟ آسف ! إنك تسخر مني...

- كلا. إني لا أسخر منك. إني آسف حقا.

- أما هذه ! يا أخي، لا أريد أسفك. أريد أن أكتب روايتي.

- إني لا أمنعك.

- آه ! القذر !

- أرجوك ! لا جدوى من الشتائم.

- ولكنك تستفزني.

- إنك متعب، هذا كل شيء. يجب أن تستريح قليلا.

- أنا أعرف ما يجدر بي أن أفعل.

- لم أقل العكس.

- كفّ عن استفزازي.

- طيب ! هأنذا أصمت.

- كلا، أيها القذر ! هل تريد أن تصمت الآن بعد كل هذه الصفحات المكتوبة؟

- ولكنك تقول إن كلامي هراء... ماذا تريد أن أفعل غير الصمت؟

أي ملعون ! إنه يساوم ويزايد عليّ. ماذا أفعل مع ابن الحرام هذا؟ حين أوشكنا على الدخول في صلب الموضوع يريد أن يقطع بي الحبل. ماذا؟ أراه ينهض.

ن

- تعال هنا...إلى أين؟

- إلى الشارع ! أرض الله واسعة...

- كلا، إنها ضيقة الآن. أريدك هنا .

- أنت مشغول بكتابة روايتك. إذن،
فلست بحاجة إلي. أريد أن أذهب في مشوار
قصير على البحر.

- ولماذا؟

- أريد أن أبحث عن تلك الحانة التي
دخلتها ذات ليلة خريفية...

- ولكن... هل هي حقا موجودة؟

- لا أعرف. سنرى... هل تريد أن تأتي
معي؟

أفكر لحظة... إنها فكرة ! ولم لا ؟ ثم
إنني بهذه الطريقة ستأكد بنفسي من مدى
صحة أقواله. هه ! بعد كل حساب... من
يدري؟

- ولكن... مهلا !

- ماذا بعد ؟

- وزوجتي ؟

- ما لها زوجتك ؟ هل تريد أن تأخذها
معنا أيضا ؟

- كلا، كلا. ليس هذا... إنما هي على
وشك أن تأتي الآن...

- طيب ! لن تجدك. وبعد؟ هل تخافها
إلى هذا الحد؟

الوقح !

- أغلق فاك ! لا أسمح لك بالتدخل في
شؤوني الحميمة.

- وبعد؟ ماذا تريد أن أفعل ؟ خذ قرارا
واحدا في حياتك.

- هه ! ماذا تعني ؟

أحس أنه جاوز الحد. حقا ! يجب أن
أحسم الأمر معه... مرة واحدة.

- اسمع يا سيد وليد... أنا رجل ذو
مبادئ، ولا أسمح لك أبدا...

- لماذا لا تطلقها؟

ن

- كفى. أنت تبالغ.

- دعني أقول لك...

- لا أريد أن أسمع منك شيئًا... خاصة

إذا تعلق الأمر بزوجتي؟

- أنت تحبها إذن ...

- هذا ليس شأنك.

- طيب ! كما تريد... ومع ذلك...

- قلت لك يكفي يا وليد. إني أكاد أخرج

عن طوري...

- ياالله ! لنخرج من حالة النمر ...

بسرعة.

- ماذا تعني؟

- إني أحدث القارئ...

« واذكر في الكتاب مريم إذ انتبذت من أهلها مكانا شرقيا...»

ن

كان لا بد من ولادتي هنا إذن.

وكـان لا بـد مـن أن تـكـون «ن» هــي المدينة الأسطورة منذ بداية الأشياء.

وكان لا بد من أن تـأتـي سنوت غـازيـة ومـؤسـسـة لـتذهـب فـي رحـم الـتاريـخ وغمرة النسيان... «امرأة تروض النمور» ! هكذا قال الأوائـل عـنـها. وهـكـذا لا نـزال نـحن، أحـفاد أحفادها الأخيرين، نسميها.

إنها أمنا المحاربة، ذات العين النحاسية والـجبين الـوضّـاء. أمـنـا الأولـى ذات الـشـعر النابـع من ليل الكون... صـاحبة الصولجان الناري ومولاة البحر.

تلك هـي سنوت كلية القدرة.

ما زالت تذكرها «ن» القديمة في ليالي شتاءاتها الطويلة حول المواقد والشموع.

كنت صغيرا، وكنت أنصت إلى كل ما يروى عنها. إن سحرها أقوى من أن يقاس. كان عقلي منصرفا إلى إعادة تركيب صورتها الخيالية في أحلامي... ومرت الأيام تدفع الأيام... ووجدت نفسي أجتاز بوابة الجامعة مدفوعا برغبة خفية وقوى غامضة نحو قدري.

وكان لقدري اسم ريم وعينا سنوت...

نيكروبوليس

ن

«الله نار في الرأس» - نيجنسكي.

- من أنت ؟

- أنا ريم.

- ومن ريم ؟

- مريم العذراء !.. وأنت ؟

- أنا وليد الأرض.

- ومن وليد الأرض ؟

- جبرائيل !

ضحكت. كانت في السابعة عشرة من عمرها أجمل امرأة رأيتها في المدينة. طالبة في قسم الفلسفة. لم أرها يوما تحمل كتابا. كانت مثلي... تقرأ في ما حولها السرّ وتتعرف على اللا مسمّى...

قالت:

- أحلم بعالم آخر أشعر فيه بأحاسيس لم يعرفها إنسان قبلي...

قلت:

- هل تعرفين عالم الموتى؟

لا، قالت... لا أعرفه.

- إذن، اتبعيني إليه. أسرعي قبل أن يطلع الصبح.

ومضينا إلى المقبرة... هذا العالم الطبيعي الذي تحويه حياتنا الغريبة. قفزنا من فوق السياج الحجري المتهدم. كنا وسط المدينة. وسط عالم الأحياء. ومع ذلك، فلقد كان قلب «ن» ينبض في المقبرة. كان في تلك الليلة يدق كطبول البدائيين في الغابات البعيدة ويحدث وجيفا وقرقعة جحيميتين.

كانت الليلة دامسة الظلمة، والريح تخيط شقوق القبور وتصفّر بين أغصان

الكلبتوس. وكنا نسير بين الأضرحة البيضاء حيث الزنابق الوحشية تعانق الأتربة وتشرئب إلى السماء. وكنا نسمع النحيب الممزق والرعود المتقصفة. وكنا نسير متعانقين بين الأضرحة البيضاء والمطر ينهمر بطيئًا، غزيرا، شادا بين السماء والأرض بخيوط فضية. كل شيء كان يبدو في تحول غير منقطع. هذا التجانس السديمي العظيم. إنها حقيقة مرعبة بروعتها. لحظتها، أحسسنا أننا ذرتان من ذرات التداعي الكوني... قطرتان ذائبتان في مياه النهر اللامحدود...

وأتاني صوتها مرتعشا:

- إنني خائفة...

- إذن، اتركيني وعودي من حيث جئت...

- لا، لا. أبدا... أريد أن أبقى معك...

- انزعي عني ثيابي.

وبدأت أنضو عنها ثوبها.

وفي الظلام، وقفنا عاريين بين القبور تضيئنا بروق السماء. واشتدت الريح. واشتد المطر. وسمعنا انتحابا حزينا طالعا من أعماق الأديم. كأن قوى الطبيعة تتحد فجأة لتنصب علينا... مباركة عرسنا.

لم نكن نعكس إرادة الكون العظيمة. كنا واثقين من أنها إرادتنا. هل كانت ريم تعرف ذلك؟ لا أدري... لكنها لم تتردد.

كنت أريد الاتحاد بها. الاتحاد بالأرض البكر. الاتحاد بالأرض الخصبة المطهرة من كل دنس. الاتحاد بهذه العذراء. تحطيم الحدود الموضوعة فيها. تحطيم الصنم المتصلب في جسدها. هذا الجسد الذي لم يعرف عنف الدم. هذا الدم الفائض من مساماتي، من عروقي، من شراييني، من قلبي، من أعصابي، من خلاياي. هذا الدم الأسود الذي يدور في جسمي منذ ولدت.

آه يا سنوت ! آه أيتها الأم ! أيتها العين المفتوحة في جبيني ! أيتها العين المفتوحة على المهوى ! آه يا فجري ويا مغيبي !.. إني أعرف أنك هنا. أعرف أنك المدينة والمقبرة. أعرف أنك الحياة والممات. أعرف أنك المصير الذي سطر بقلم السماء على جبيني. ولكن الأمطار لا تكف. أي فيض هذا ! أية غزارة ! أي إسراف ! هل هو إلا استمرار الفضيحة... فضيحة آدم وحواء ! إنها التفاحة التي ستعيدنا إلى الموت يا سنوت . وأنا الحيّة التي ستشطرها شطرين. اقتربي... اقتربي أيتها العذراء. سأخلع كل البوابات . سأحطم جميع الأسوار... سأهتك الحواجز والجدران والحصون. سأصلك... عاريا من نفسي. سأصلك عاريا إلا منك. اقتربي... البسيني. كوني الغطاء الذي يصلني بالسماء. كوني الأرض التي سترتديني. اقتربي...

قالت :

- خذني إلى عالم الأموات يا جبرائيل. أرنيه. إني متقدة. متأججة. ناضحة بالسموم. أريد طهارة الدم. أريد الله... أرني الله يا جبرائيل...

هذه الحشائش تتحرك... تتنفس... تحيا... والمطر يتوقف فجأة عن النزول. حتى الريح انقطعت... كأنما ارتدت بعيدة إلى كواكب أخرى...

عانقتها جميلة، ساحرة، بين القبور. قبلتها في كامل جسدها الذي انفتحت مهاويه السحيقة كنيلوفر الليل.

قالت:

- ادخلني يا جبرائيل واتحد بي، إذ... أنا النبع. أنا الغاية والنهاية.

ودخلتها.

واهتز جسدانا المتلاصقان وسط ظلام الموتى في تناغم سحري مع تحركات

الأعـــشاب... ومـرور الـــسحب... وتـــنفس الكائنات... واشتعلت فينا نيران الأزل...

وفــي الـبعيد، سـمعت أمـواج البحـر راكضة على الساحل الألماسي متراجعة مع الجزر إلى جزر نائية.

ومرت لحظات مـن السكون الكوكبي، أحـسـنا فـيها الـحياة تـموت لـتنبعث مـن جديد...

كان الفجر.

وكان يولد النهار من الليل...

***

وجدوها ملقاة فوق التراب... عارية، بين حشائش الجبّانة... والمطر يغسل جسدها البارد.

كــانــت قــطرات دم متجـمدة أسـفل بطنها... وكانت بين فخذيها تضمّخ الشعر الأسود الناعم... حنّاء... وتختلط بالوحل.

***

ووجدت نفسي أسير بخطى سريعة ثابتة في ظلمة الشوارع والريح تصفع وجهي والبروق تشطر السماء تفتّتها وتعيد تركيبها والرعد يفلق صمت الليل بوجيف زلزالي وتنشقّ الأرض عن نيران جحيمية يسكن لهيبها الجنّ معربدين مصطخبين في المقاصير المضاءة بالشموع والمصابيح مع جنيات عاريات يتلظين شهوة ويفتّقن أجسادهن فاتحات مصاريعها

لشبق الحيوانات ذات الأعين المتوهجة بشرار الليل فيما تعبر اللهب الجهنمي جياد سود وحمر وبيض راكضة بسنابك حديدية فوق زرابي شامية وقيروانية وفارسية وسجاجيد حجازية منمّقة ومطرّزة بالذهب والعطر يقطر منها والبخور يتضوع منتشرا في الجو المثقل بأدخنة سحرية وعلى صهوات الأحصنة فرسان أشداء ملفعون بأقنعة من البرنز يمسكون بسياط مرصعة المقابض بالماس والياقوت وإذ يصلون الجنيات يختطفونهن في لمح البصر ويطيرون مع الريح إلى قصور خربة مهجورة منذ آلاف السنين حيث يضاجعونهن تحت ظلال السنديان والسرو على أسرّة من الريش والزئبق وحين تطلع الشمس يذوبون ويتبخرون في أشعتها كجليد البحيرات وأنا أسير بخطى سريعة ثابتة في ظلمة الشوارع والريح تلبسني والأمطار تعريني والرعود تقصفني والبروق تكسرني

والنيران تؤويني والليل مرايا ومرايا ومرايا والعقل تائه وأنت ميتة يا ريم ميتة يا سنوت ميتة يا طفلة ميتة يا أم يا طفلة يا أم ومن يقدر الآن أن يجمع شتاتي من يقدر الآن أن يخيط لحمي الممزق من يقدر الآن أن يوحدني من يقدر الآن أن يجسدني وأنا أسير في ظلمة الشوارع والمصابيح مطفأة والنجوم عمياء والقمر مطعون والخنجر ضائع والجريمة مفضوحة والمجرم لا يوجد.

وفي الصباح كنت أتناول فطوري كالعادة في البلكون. وكانت زوجتي معي. كانت تطالع صحيفة الصباح. وفجأة، صرخت وشحب وجهها وسقطت الجريدة من يديها. رفعت رأسي مندهشا...
- ماذا بك؟
قالت بتقزز لا حدّ له:
- اقرأ... الجريدة...

ن

ونهضت لتدخل الغرفة، ولم تكن أكلت شيئًا بعد.

وبفضول شديد، أمسكت الجريدة التي وقعت على الأرض، وإذا بهذا العنوان يتصدّر الصفحة الأولى:

مصّاص دماء يهوم في المدينة

علمنا قبل دخول الجريدة إلى المطبعة بقليل أن جثة الفتاة التي وجدت منذ أسبوع عارية في المقبرة بعد أن وقع اغتصابها أخرجت من قبرها وانتهكت من طرف نيكروفيلي مجهول. لكن الأغرب من ذلك ظهور آثار خدش وعضّ عميقة على جسد الميتة. ما زالت البحوث جارية لمعرفة مسبب الجريمة. ولكم مزيد من التفاصيل في عدد الغد.

ن

جاؤوا في الفجر.

طرقوا الباب طرقات عنيفة. انتزعت نفسي من الفراش. تحركت نحو الباب حركات آلية. كنت لا أزال دائخا أو نائما أو مخدرا... أو ... ما يشبه ذلك. لا أعرف. فتحت. دهشت لرؤية المسدسات الموجهة إلى صدري. لم أفه بكلمة. لم أجد ما أقول. كانت وجوههم نصف مقنّعة بنظارات سوداء كبيرة. كانوا أربعة.

-أنت وليد الأرض؟

همهمت:

- نـ... نعم.

- خذوه.

... وفـي لحـظة، وضـعوا عـلى عـيني حجابا. وفـي الظلام ، قيدوا يدي، وسـاقوني إلى عربة. دفعوني على المقعد. لم أقل شيئًا. لم أر شيئًا. لم أفـهم شيئًا. فقط... سمعت محـرك السيارة يـدور. كنت فـي طـريـقي إلى المجهول... مع الوطاويط.

ن

عمق الجرح مسافات ترفل في خلاخيل الفجر القريب بين غمام البحر.

أخرجت ريم وسنوت من عالمي...

كنت أرسم جدرانا متلاصقة في سقيفات معتمة. أرسم حماما في رماد الموقد.

أردت أن أبقى عزيلا في عالمي الصغير المتلاشي. غير أن أفكاري في تداعياتها كانت تحملني إلى المكان الآخر...

المكان الأظلم في ذاتي.

وتعاودني الذكريات المطوية في بطانة الصمت. كل ما عليَّ فعله هو أن أترك الأشياء تنقال كما هي. (كما هي؟) من قتل ريم؟ من سبب موتها؟

وليد الأرض؟

من هو وليد الأرض؟ كيف يمكن أن أصدق أنه قتلها؟ هل اعترف بجريمته؟

سوف أعود إلى المخطوطة. لأبحث ...

لأبحث ... لأبحث ...

أكاد أجنّ.

كانت فتاة في السابعة عشرة من عمرها، طافحة بشهوة للحياة لا حدّ لها.

وكانت تقول إنها تحب نقائض العالم فيّ، وتقول إنني أجمع الحلم والغرابة والقسوة والشهوة مجتمعة في عيوني.

عيني الأولى - سبع سماوات مرطبة بغمام صيفي شفيف غارقة في أمل سرابي.

عيني الثانية - دفق من الضوء والنار والدخان.

عيني الثالثة - رماد خامد في معبد بوذي قديم.

عيني الرابعة - موت موت موت موت.

ن

وحين الرصاص بدأ يخيط الشوارع...
حين كل المدينة رقصت وتمايلت تحت دمدمة
القذائف... كانت أسراب من البجع والحمام
تطير من إبطيها المرمريين. وكانت يد غادرة
تمتد إلى ظهري لتغرس فيه الخنجر المسموم.
وكانت «ن» تحترق في وجهي الأبله.
دعيني الآن أغيب مع الفلك. ما أروع
هذا الزيف ! ما أروع هذا الزيف !
قالت:
- لكن متى يطلع الفجر؟
- حين تنتهي حرب العصابات.
وكانت الحرب على وشك الاندلاع...

ما الذي جرفنا إلى كل هذه القضايا
الفائحة برائحة الموت؟ أي عطر غريب سحرني
وجرّني إلى حيث لم أكن أرضى الذهاب لو

كنت أعلم؟ كيف جئت إلى هنا إذن؟ ومن أتى بي؟ من قادني؟

مرة أخرى، أتتبع آثارا غير مرئية.

مـرة أخـرى، كـأنـني طـائـر أعمى ضلّ الطريـق إلـى عشّه؟ مـرة أخرى، أبـحـث عـن الخلاص من نفسي بين القبور.

آه ! بدأت أفهم.

كـلا، إنـي لا أفـهـم. لا أريـد أن أفهم. أخـاف أن أفـهم. أريـد الابـتـعاد... الـرحـيل. الرحيل... ولكن إلى أين؟

سوف أجد الموت يسبقني في كل مكان. سوف أجده في كل شارع. في كل بيت. في كل وجه. أي كارثة !

إني أحس الصاعقة تتكون شيئا فشيئا في خلاياي. أحسها تتأهب للانقضاض.

كـلا، لا أريـد. كيف يمكن أن أمنع مـا يـتهيأ؟ كـيف يـمكن؟ أنـقذونـي ! النجدة ! النجدة !..

ن

ولكن... من أنا؟

***

لن أتساءل. سوف أتبعه إلى هذه الحانة الغريبة التي يتحدث عنها. لماذا يريد أن أطلق زوجتي؟ صحيح، هي تافهة. ولكن ليس إلى هذا الحد. وهي في النهاية تحبني، وأنا كذلك أحبها...رغم أن لي عشيقة لا تعرفها. هي أيضا لها عشيق. حسن إذن ! هكذا تكون الأمور متوازنة. إنها العدالة. ثم إن الناس يتزوجون لكي يتمتعوا بلذة الخيانة... أليس كذلك؟ بلى، قطعا ! الزواج شيء، والعشق السري شيء آخر.

ما زلت أفكر في قضية الوطاويط التي هاجمت الوزارات. أتساءل ما سبب ذلك. تحاشيت الحديث في الموضوع مع زميل المكتب. إنه مجنون. يباغتني في كل صباح

بمصيبة جديدة. وحين لا تكون هناك مصائب - وهو نادرا ما يحدث - يجد من واجبه أن يروي عليّ أحد كوابيسه التي توقظه فزعا كل ليلة.

إنه أعزب، رغم أنه جاوز الأربعين منذ زمن طويل. لا أعرف عنه أكثر من ذلك. أراه يدخل ويخرج كل يوم كالشبح. يلقي السلام، ثم يشعل سيجارة، ويشرع في الحديث عن الكوارث. وحين ينتهي مع الساعة العاشرة وخمس دقائق - حسبت الوقت ، وهو دقيق - يبدأ في الشغل.

لم أعد أكترث له.

اعتدت أن أسمعه كما أسمع أصوات المكتب الأخرى.

إنه قطعة أثاث.

***

أنـا مـواطـن صــالـح، ومـديـنـة «ن» تسحرنـي. أمـا المللكة سنوت... فبينـي وبينها قصـة غرام طـويلة. ولكن لماذا يريد وليد الأرض أن أطلق زوجتي؟ لعله...! فكرة مدهشة!

كيف لم أفكر بـها من قبل؟ طبعا! لقد فهمت الآن. لا شك أنـه يـعرف سـنوت ويـريد أن يـقدمـني إليها. بالتأكيد! هـا هـا! لذلك طلب منـي أن أتبعه إلى هذه الحانة. هـهممممم! ... فهمت كل شيء الآن. وضحت الأمور.

لكن... هـل... أثق به؟

إنه رجل لا كسائر البشر. هل يعتبرني صديقه؟ إنه ... مخيف!

***

بدأت أكتشف لعبته.

إنه كاذب. وهذا أول شـيء. لن أصدقه بعد الآن أبدا.

لقد قادني طوال ساعات عبر الشوارع الخـلفية الـتي تـحاذي البحـر، بـحثا عـن تلك الحانة المزعومة. طبعا، لم يكن لها وجود. قلت له:

- أليس لها اسـم؟

قال:

- بلى. إنها تدعى «حانة سنوت».

- لنسـأل هذا الشرطي إذن.

واتـجهنا إلـى الشـرطي الـواقـف فـي ملتقى الطرق. حيّيناه، وسـألنا. نظر الرجل إلينا باستغراب شديد، وقال:

- هـل أنت بخير يا سيدي؟

اندهشت. قلت له:

ن

- لا أفهم قصدك. طبعا، أنا بخير... ما علاقة هذا بسؤالي؟

قال وهو يتفرس فيّ:

- لم تشرب كأسا فوق العادة...؟

- كلا... إني لا أشرب الخمر أبدا. فهو مضرّ بكبدي. لقد منعني الطبيب عنه منعا باتا...

- إذن، ما هذا الذي تقول؟

- إني أسألك عن حانة سنوت... ألا توجد هنا حانة بهذا الاسم؟

قال عابسا:

- أولا، إن كنت صادقا حقا، فما حاجتك للبحث عن الحانات؟ ثانيا، لا توجد حانة بهذا الاسم. ثالثا، هل نسيت أننا في بلاد عربية مسلمة وأن اليوم جمعة؟ رابعا، يبدو لي أنك لست طبيعيا... تعال معي إذا إلى المركز، وبسرعة... هيا!

وحين التفت لأستغيث به، لم أجده...
طبعا! كأنما الأرض انشقت لتبتلعه. قلت
متلعثما للشرطي:

- ولــكن ... صـدقـنـي أيـها الـسـيد
المحترم... إنه محض سوء تفاهم، لا أكثر...
لقد حدثني صديق عن هذه الحانة التي دخلها
ليجد نـفسه بـين حـيوانـات كثيرة تـتراقـص
وتغني... وبالمناسبة، لقد كان هنا اللحظة. ألم
تره معي؟ على أية حال سوف يعود... أو ...
كلا... سـأذهب أنا لإحضاره وآتـي بـه إلى
المركز حيث سيفسر لكم كل شيء... الحانة
والـحيوانـات وقـاعـة الفسقية والشيخ الصالح
حـفيد الملكة سـنوت ... وسـيقول لـكم كيف
ألـبسوه جلد نـمر واستقبلته الملكة سـنوت
بـنفسها...لا، بـل ... سـيفيدكم فـي مـعرفـة
أشياء أخرى عديدة... منها قضية جثة الفتاة
التي وجدت في الجبّانة... وقضية الوطاويط
التي هـاجمت وزارة الاعلام... وربما أفادكم

في قضايا أخرى... لأنني لم أطلع على كامل أوراقه. فهي كثيرة جدا... ولن أجد الوقت أبدا لمراجعتها تمام المراجعة. رأيت الشرطي يبتسم بلطف لا متناه، ويقول:

- آه ! فهمت. سوف تجد الآن كامل الوقت أيها السيد العزيز... سوف تجد كامل الوقت...

***

قادني الشرطي إلى هذا المكان بمنتهى اللطف والأدب، وطلب مني أن أنتظره على هذا المقعد، وخاصة ألاّ أتحرك.

لم أفهم لم كل هذه الاحتياطات. وعلى أي حال، فأنا لا أنوي مغادرة هذه الحجرة إلا بعد أن أوضح أموري معهم. سوف أحكي لهم القصة من ألفها إلى يائها. كيف جاءني وأنا في المقهى، وترك عندي أوراقه. وكيف كان

يناديني أحيانا، فأترك جميع أشغالي وأخرج
لملاقاته. وكيف تطورت الأمور بيننا شيئًا فشيئًا
إلى أن صار يسرّ لي بأسراره. وكيف طلبت
منه أن يقصّ عليّ قصته ورفض أول الأمر ثم
أذعن. وكيف كذب عليّ وراح يحدثني عن
أشياء لا علاقة لها بالواقع... وكيف لفّق
القصة تلفيقا وظنّ - لبلاهته - أنني صدقته،
حتى دعاني إلى زيارة تلك الحانة الغريبة
معه...

أما من ناحيتي، فلقد عملت حسب المثل
القائل «اتبع السارق حتى باب الدار». هكذا
سلكت معه وكشفت لعبته أخيرا.

لكن بقيت هناك قضية غامضة على
الأقل...

لماذا أراد أن أطلق ريم؟

بداية أخرى محتملة
لنص روائي غير متوقّع

ن

تصوروا أن الكاتب إذ يصل إلى هذا الحد من السرد الذهاني يتعب... أو... لنقل بكلمة أخرى أدق... يضجر. نعم. هذا ما أردت تماما.

لكن في الواقع هل أردته حقا؟

لا، بالتأكيد...

إذن... ماذا حدث؟

ألم أقل لكم في بداية هذا السرد أن يدي انزلقت لتضع الظفرين للـ«غريبة» في حين كنت أريد وضعهما للمدينة؟ ألم أقل أيضا إن هذا الانزلاق ليس بالنادر أبدا، وأنه من المستحيل حسمه مرة واحدة؟ قطعا ! كيف يمكن للانسان أن يحسم في مثل هذه الأمور «الصدفوية» ــ ولو أنني لا أومن بالصدفة ؟

تصوروا مثلا ! البارحة، كنت أتحدث مع صديق رسام. وانزلقنا ـ مرة أخرى ... كما لو أن ذلك حتمي ! ـ إلى الحديث عن تلك المرأة التي كنت أعتقد صادقا أنها زوجتي... أعني ريـم. والحقيقة أنها لم تكن زوجتي أبدا ... لسببين بسيطين (ربما لأكثر من ذلك... لكن لنكتف الآن بهذين السببين - سوف أقول لكم لماذا...) وهما:

أنني أولا، غير متزوج. هـيه ! (حـقا! أشعر الآن بالارتياح...) وأنني ثانيا، لا أعرف هذه المرأة إلا من حديث وليد الأرض عنها.

لا تستغربوا. أنا لم أعد أستغرب شيئا في هذه الدنيا... لسبب بسيط أيضا. وهو أن ما يدعو إلى الاستغراب والدهشة هو بكلمة واحدة: اللاموجود... لأن غير اللاموجود معروف - على الأقل بالسماع ... إذن، فهو مألوف في النهاية. لكن بما أن اللاموجود لا

يوجد فكيف يمكن أن يدعو إلى أي شيء؟ وضمن ذلك إلى الاستغراب؟

كلام منطقي. هل يكون هذا إذا من قبيل الهراء؟

إنه على أية حال من قبيل التلهية... أي أنني أجد نفسي ملزما بالمداورة كلما أحسست أنني أقترب من السر. إنكم طبعا تعرفون السبب . وذلك أن «السر» هو من الفضيحة بحيث لا يمكن أن يقال دون سابق تبرير. هذا احتمال أول...

هناك احتمالات أخرى... لا نهائية في الواقع. لكن ما العمل؟ لو قلنا القضية في كلمة واحدة لانتهى كل شيء. هذا أمر معقول. هل تعتقدون ذلك حقا؟

كلا، يجب ألا تعتقدوا .

لماذا؟

لأن القضية يجب أن توجد قبل كل شيء. هل فهمتم الآن السر؟

أتساءل: ما الذي أتى بالرسام إلى هنا؟ ولماذا كان يجب أن أنزلق معه للحديث عن تلك المرأة التي لم تكن زوجتي ، على عكس ما اعتقدت أول الأمر؟

لا يوجد جواب آخر... إنها المدينة:

ن

وها قد حان الوقت لأقول لكم حقيقة «ن»...

ن

جاؤوا في الفجر.

طرقوا الباب طرقات عنيفة. انتزعت نفسي من الفراش. تحركت نحو الباب حركات آلية. كنت لا أزال دائخا أو نائما أو مخدرا... أو ... ما يشبه ذلك. لا أعرف. فتحت. دهشت لرؤية المسدسات الموجهة إلى صدري. لم أفه بكلمة. لم أجد ما أقول. كانت وجوههم نصف مقنّعة بنظارات سوداء كبيرة. كانوا أربعة.

-أنت وليد الأرض؟

همهمت:

- نـ... نعم.

- خذوه.

... وفي لحظة، وضعوا على عيني حجابا. وفي الظلام ، قيدوا يدي، وساقوني إلى عربة. دفعوني على المقعد. لم أقل شيئا. لم أر شيئا. لم أفهم شيئا. فقط... سمعت محرك السيارة يدور. كنت في طريقي إلى المجهول... مع الوطاويط.

الحقيقة؟
ترى ماذا يعني الكاتب؟

ن

لم يحدث مطلقا أن مرت ستة شهور على مدينة «ن» مثل تلك الشهور. لقد كان كل شيء ممكنا ومتوقعا، حتى ما لم يكن يحسب له حساب... إذ أن الحالة النفسية التي سيطرت على الأهالي كانت من الانغلاق بحيث لم يكن الإفلات من الطوق الذهني الذي أوحته إلا من قبيل المستحيلات الأربعة. ورغم أن الحياة اليومية كانت تمضي شبه-عادية في رتابتها المميتة، فإن رائحة الفوضى والسديم كانت تفوح من كل بوصة في الأرض لتتسرب إلى خلايا البشر وتعمّر بجنونها في أدمغتهم. كانت المدينة كلها ترزح تحت رداء من الغموض كأنما تمّ ذلك بمفعول طلسم سحري. كأنما؟ ماذا تراني أقول؟ بل لقد تمّ ذلك بالفعل.

لقد سيطر الخوف والتوجس، وانتشرت في الشوارع والمقاهي أوراق صغيرة مكتوبة بخط اليد، كان يتناقلها الأطفال والشيوخ دون أن يعلم لها مأتى محدد. كانت الأوراق تتحدث عن اقتراب النهاية... نهاية العالم والبشر وقيام الساعة.

وخلال الأشهر هذه، لم تسجل أية وفاة في سجلات الدفن بالبلدية، ولم تعرف أية ولادة، بشهادة سي علي الاسطامبولي نفسه. وهو المسؤول عن قسم الوفيات والولادات في دار البلدية. ربما هذا ما جعل سي علي يضاعف من تدخين سجائر «الكواكب»، ويمر رأسا من علبتين يوميتين إلى أربعة، رغم نصائح الطبيب بالتقليل من التدخين لأنه في أصل الداء «الذي لا يسمى»، عافاكم الله ! لكن ما العمل و«رأس البلية دادا حليمة»؟ ولم تكن الخالة حليمة تعلم، وإلا... قامت القيامة على رأسه. ولا نتحدث عن القهوة الملعونة، التي

أصبحت شغله الشاغل... مما جعل أصابعه أكثر عصبية، وهي لا تنقطع عن نقر طاولة البلدية من الثامنة والنصف صباحا إلى الواحدة والنصف بعد الظهر، ومن الساعة الثالثة إلى الخامسة. وحين لاحظ له الحاج قاسم - كبير الحجاب - أنه أصبح عصبيا أكثر من العادة وأن الجرائد التي يقرأها من ألفها إلى يائها هي المسؤولة الأولى عن تقلب مزاجه، صاح في وجهه - وهو ما لم يحدث أبدا قبل ذلك اليوم - و«أعاده إلى مكانه». حيث أنه حاجب، وليس له أن يتدخل في هذه المسائل التي تتجاوز دماغه. سكت الحاج قاسم، وظل ستة أشهر لا يجيب إلا بـ : نعم أو لا . غير أن سي علي لاحظ منذ ذلك اليوم أن قهوته أصبحت كثيرة السكر أحيانا و مُرّة أحيانا أخرى. ولم يرغب أن يسأل الحاجب عن السّبب لأنه كان يعلم أشدّ العلم ومنذ خمسة عشر عاما بالتّحديد أنّ سي علي لا يشرب

القهوة إلاّ بسُكّرين فقط... لا ثالث لهما. لكن هل كان هذا شيئًا يذكر بالقياس إلى الحالة العامة في المدينة؟ كلاّ بالتأكيد. لقد كانت البلبلة من القوة بحيث سيطر الذّهان وأصبح كل مواطن عدوا محتملا للثاني. و من يعلم؟ ربّما وضع الحاج قاسم بعض السّموم في قهوة سي علي انتقاما منه، و هو المعروف بكثرة تردّده على الشيخ العرفاوي المؤدب... و السّاحر في السرّ. إن حلّومة تعرف ذلك، و هو يثق بها تمام الوثوق.

أمّا حلّومة، فهي لشدّة أرقها و تنكّدها لم تترك مقام وليٍّ دون زيارة و إيقاد شموع و وعدة بالكسكس. و لم تكن الوحيدة في ذلك لأن أغلب نساء المدينة كن يجتمعن بشموعهنّ و دموعهنّ في تلك المقامات، بحيث لم تمض ثلاثة أشهر من تلك الفترة حتى سجّل مصنع الشّموع ارتفاعا في نسبة مبيعاته منقطع النظير، ممّا جعل الوزارة تشجّع إنشاء

مـصنعين آخريـن لـلشموع نـزولا عـند رغـبة الأهـالي الذين صاروا يفضّلون إيقاد الشموع حتّى في بيوتهم عوضا عن الكهرباء.

و لـكن مـاذا حـدث؟ هـل جنّ الجميـع؟ انتظروا... ليس هذا كل شيء! لقد كان معروفا أنّ مدينة ن - التي دمرت مئات المرّات و أعيد بناؤها على أيدي غُزاة جدد كلّ مرّة - مسكونة بنذر رهيب و موعودة بدمار نهائيّ على أيدي غزاة لا بشريين يأتون – والعلم لله ّ – من كوكب آخر في آخر الزمان... وأن هـذا النذر يتحقّق إذا مرت على المدينة ستّة أشهر انقطعت فيها الولادات و الوفيات و صحّ المرضى جميعا و خرجوا من المستشفى معافين...
وهذا ما وقع بالضّبط!

فلقد أصبح المرضى ذات يوم وهم في أتمّ صحّتهم. فإذا بالجريح ينزع الأنابيب عن

ذراعه و ينهض عن طاولة العمليات أمام أعين الأطبّاء غير المصدّقة. و إذا بمريض القلب يقفز و ينزل الدّرج أربعة فأربعة. و إذا بالعجوز المصاب بالروماتزم يثب من نافذة الطابق الأول كأنّه شاب في العشرين. و إذا بالجميع يتعانقون و يبكون فرحا في ذلك اليوم الذي أقفلت فيه المستشفيات و اضطربت المدينة كما لم يحدث مطلقا.

هل من الضّروريّ القول إن صحافة العالم بأسره انصبّت هناك بحيث لم يبق سرير واحد شاغرا في الفنادق، ممّا اضطر الوزارة إلى فتح المستشفيات من جديد لاستقبال السيّاح والصّحافيين و كلّ الزائرين الذين ضجّت بهم الشّوارع. وأُعلن العيد! وفُرضت حالة الطّوارئ.

ليلتها ... استيقظ من استطاعوا النّوم على أصوات حادة وقرقعة تدوّي لها الأرض

كلّها، معتقدين أوّل الأمر أنّها عاصفة. غير أنّ الأصوات بدأت تتضح شيئًا فشيئًا. إنّها صدى أحذية عسكرية تدقّ الإسفلت بانتظام جهنّميّ. واندفع الأهالي خارج البيوت. أي منظر فظيع باغتهم آنذاك! أيّ منظر مرعب لا يمكن أن يتصوّره عقل! أيّ منظر ينسحق له القلب وتبرد لرؤيته العروق! كان جيش لا حصر له يخطو في الشّوارع أمام أعينهم ... جيش أسود مدجّج بأسلحة غريبة. جيش غير عادي.

إنّها وطاويط عملاقة مكسوّة بالحديد والرصاص، ومدرّعات زاحفة ذات أشكال حيوانية غريبة.

وفي السّماء ... أجنحة، أجنحة، أجنحة وهامات مفزعة تملأ الفضاء وتسدّ الآفاق.

وحين طلع الصّباح كانت آلاف وآلاف من العصافير طريحة في كل شارع، في كل

زقـاق، فـي كـل بـيت، فـي كـل حجـرة، عـلـى الكـراسـي، على الطاولات، وسـط الأحـذيـة ... كـانـت تـغطّـي الأرض بـبساط مـن الـرّيـش والمـناقـير المـمتد إلـى غـير حـدّ. وكـانـت كـل الأشـجار والسّـطوح والجـدران مـسكونـة .... بـالوطاويط. كان الصبح ليلا أسـود. وكـانـت الشّمس كومة حقيرة من الفحم.

***

فلاش-باك

أحـسّ أنـني أقـترب شـيئًا فـشيئا مـن نـهاية محـتومة... رغم أنـني لم أبدأ بعد. نهاية ماذا وبداية ماذا؟ والله لو علمت لقلت لكم! غير أنـني أتـتبّع شـيئا مـا. يـمكن أن يـكون رائـحة، يـمكن أن يـكون خـيطا، يـمكن أن يـكون حـبل

مشنقة، يمكن أن يكون حركة عصا سحرية في الهواء، يمكن أن يكون غيمة، أو شعاعا هاربا، لا يني ، هاربا، لا يني، هاربا، هاربا، هاربا .

وحتى أكون صادقا -مع أن هذا مستحيل أغلب الأحيان - لكن سأحاول هذه المرة - مع أنني فشلت في كل المحاولات السّابقة- لكن... لا يهمنا.... أليس أهم شيء هو الحاضر؟ بلى، هذا أكيد! إذن ها هو صديقكم الرّوائي - كلمة صديقكم هذه مثلا خدعة أخرى- يدور ويداور، و يكرّ ويفرّ ، و يقترب و يبتعد، و يتّصل و ينفصل، و يركض لاهثا وراء سراب آخر أراد أن يسمّيه "الحقيقة" أو "السرّ". وكان بالإمكان تسميته أي شيء آخر... لكن... أليست الرواية بأكملها مبنية على خدعة؟ طيب! ربّما ... وبعد؟

لا أعرف.

ومع ذلك، فهناك حقيقة ما في كل هذا الوهم. لعلّها حقيقة الوهم بالذّات. والآن سوف

يأتي النقاد و يشرعون في حلّ اللغز. وحين يبتدئ حديثهم سوف أشرع أنا في الموت ببطء...ببطء...ببطء...وحين ينتهي حديثهم سوف أكون قد تحولت إلى جثة أخرى من بين الجثث التي تملأ العالم.

إذن إلى الجحيم!

سوف أركب أول قطار يتجه إلى أيّ مكان خارج الكرة الأرضية.

حديث الجثة

هشام القروي

باغت هـذا الحديث – الذي أنقله إليكم حرفيا – ذات يوم فيما كنت أتجول في إحدى المناطق القريبة من الجبّانة. كانت الساعة ... ساكتة. وكانت الشّمس في مكان مّا خلف البحر...

قالت الجثّة: أنا بقايا رجل كان يسمّى وليد الأرض. لم يكن يطلب شيئا من الحياة. ربّما كانت تلك غلطته التي لا تغتفر. لماذا؟ لا أعرف بالضبط. ولكنه كان يريد كل شيء. أعني الموت في أبهى أشكاله. هل تعرفون معنى الموت؟ كلاّ؟ انتظروا حتى تعرفوه إذن. إنّه شيء يمكن أن يكون...كيف أقول؟ نعم... إنّه ... نعم... جميل! سوف تجدون في كلامي

بعض المبالغة ربّما. ومع ذلك فإنّي أعرف عمّا أتحدّث. لا شكّ في ذلك. تصوروا منذ متّ... لم أعد بحاجة إلى شيء، بينما كنت في حياتي بحاجة إلى كلّ شيء في كلّ وقت. الآن أحسّني مرتاحا. نعم، حقّا! إنّه السّلام. الهدوء التامّ. اللامبالاة. لا ضجيج. لا دوي. لا مشاكل. لا أرق. لا نوم. لا أحلام. لا أوهام. إنّها حالة أحسد عليها. نعم. لا شكّ! إذن ماذا كنت أقول؟ آه! بلى! تعرّفت إلى وليد الأرض عندما التصق ذلك الغبي أبوه بتلك البلهاء أمّه. وأمرني السّيد الرّب بالنّزول إلى الأرض لألبسه. هذه هي القصّة. قال لي: أيّتها الجثّة العزيزة! سوف تكونين هذه المرّة صورة رجل بلا مشاكل كثيرة. إنه نوعا ما مجنون لا يحسده أحد على رجاحة عقله. أترين؟ قلت كلاّ. لا أرى تماما أيها السّيد الرب. قال: لا عليك يا جثّتي العزيزة. سوف يكون حقّا رجلا طيّبا. لن تثقبي بالرّصاص أو بالخناجر كما وقع لك في المرّتين

الماضيتين. كلّا. لقد أحضرت لك هذه المرّة شيئًا "خاصًّا" جدًّا. سترين. سوف تحبينه حقًّا. إنّه وليد الأرض.

وقلت: لكن من هو هذا الرجل أيّها السّيد الرّب؟ ألا تريد أن تعطيني بعض المعلومات عن الحياة التي سوف أحياها معه؟

عندئذ، اغتاظ السّيد الرّب، وقال: أيّتها الجثّة البلهاء! ألا ترين أنّ هذا الروائي المعتوه لا يريد أن يجعلني أبوح بكل شيء؟

قلت: ولكن لماذا أيّها السّيد الرّب؟

قال: سليه متى صرت في الأرض.

قلت: وأين أجده؟

قال: لا عليك، سوف يجدك بنفسه.

صمتت الجثّة وأطرقت مفكّرة. ثم أضافت: ولكني لم أره إلى الآن... ترى أين يختبئ هذا الملعون؟ لقد كنت أتصور أنّني سألتقيه في حياتي... عفوا! أعني في حياة وليد الأرض. لكنّه لم يظهر البتّة. وهأنذا لا

أزال أنتظره بعد موتي و هو لم يأت بعد. فهل يكون السّيد الرّب على خطأ؟ أستغفر الله! هذا ما لا يـعقل. إنّه على صواب دائـما. إذن أنا المخطئة. يا ويلي مـن عذاب اليوم الآخر، يا ويلي! يا ويلي!

وحـين وصـلت الجثة إلـى هـذا الحـد، ورأيتها فـي تلك الحـال مـن البؤس والتعاسـة أشفقت عليها وقلت يجب أن أكلمها. تقدمت مـنها وحييتها. تطلّعت فيّ ولـم تـرد التحيّة. مالها؟ لماذا تحدق فيّ ببلاهة؟

قلت لها: أيّتها الجثّة ...ألم تعرفيني؟

أنا الرّوائي.

لـم أكد أنطق بهذه الكلمة حتى تطاير الشّرر من عينيها ونهضت و قد ملأت قبضتيها بالحجارة و صرخت: اليوم يومك يا ملعون! اليوم يومك! سوف أدق عظامك. سوف أريك النجوم فـي عزّ الظهيرة. أيّـها الشيطان! يا كاتب النحس! ألا ترى مـا فعلت بـي؟ تعال.

تعال إلى هنا. هل تظن أنّك ستفلت منّي؟ لن تفلت أبدا. سوف أمزّقك بأسناني. سوف أنهشك حتّى العظم. ولكن تعال. إلى أين تركض هكذا؟ إلى أين؟ إلى أين؟

الربع الأخير من القرن الأخير
قبل البداية الأخرى

"من له الكلمة الفصل؟ إنّه الإنسان. الأرض له لأنه هو الأرض. نارها، ماؤها، هواؤها، معادنها وخضرواتها، وروحها الكونية الخالدة، روح جميع الكواكب، وهـي المتحوّلة مـن خلاله، من خلال الإشارات والرّموز، من خلال مظاهر لا متناهية"...
-هنري ميلر-

هشام القروي

ن

استيقظت هـذا الـصباح بـشيء مـن الـفتور فـي أعضائـي. شـربـت قـهوة ودخـنت سيجارة على البلكون. كنت وحدي. زوجتي سـافـرت إلـى مـكان لا أعرفـه. قـالـت إنـها ستراسلني. منذ شهرين وصلتني منها بطاقة بريدية، تعلمني أنها على الساحل الأطلنطي. قالت: أحبك... ولم تضف شيئًا آخر.

أحاول أن أركز أفكاري. أعدت قراءة ما كتبت عن وليد الأرض. وضـح لـي أنّـه مـحض هـراء. لا أعرف كـيف فـعلت لأكـتب كـلّ هـذه السفاسف ... مع أنني ناقد أدبـي في مجلة هـامـة! سـوف يـضحك الـزمـلاء. أمـا الـذي يقاسمني المكتب، فـهو سيقول بـعد أن ينتهي من سـرد كوارثه اليومية في الساعة العاشرة

وخمس دقائق: قرأت كتابك الجديد، وأعجبت به كثيرا. أهنئك على هذا النجاح... إنها فكرة رائعة، ولكنهم كتبوها قبلك. سوف أبتسم، ثم أقول له: أشكرك...ولكنهم السابقون ونحن اللاحقون. ماذا تريد؟ إننا لا نأتي بالأفكار من السماء. فهي موجودة في الأرض، ونحن نعيد تركيبها وانتهى الأمر. آنذاك، سوف يحاول أن يناقشني. ويبدأ: أيّها الزميل العزيز... فيما أغوص أنا وسط الأوراق، ويبدأ هو في التحول إلى قطعة من أثاث المكتب.

ومع ذلك يجب أن أواصل اللعبة. لم يختر أحد أن يكون لصّا. غير أن المجتمع لا يصبح ممكنا إلاّ إذا اجتمع اللصوص. إذن، أنا نوع من اللّص في مظهر كاتب. ربّما كان هذا أهون شيء. فهناك لصوص بمظاهر أخرى. إنهم أخطرنا. وأنا لا يمكنني الحديث عنهم، لأن الصمت هو القانون الذي يلوي

أعناقنا جميعا. كلّا! إنّني أمزح طبعا! أرجو أن لا تصدقوني. حقًّا! لم أعد أعرف ما أقول.

كنت على البلكون حـين سـمعت طرقا على الباب. ذهبت لأفتح. مدّ لي ساعي البريد رسالة. حاول أن يبيعني رزنامة العام الجديد. (نـوع آخـر مـن اللّصوصـية!) تخـلّصت مـنه بسرعة، ودخلت. جلست على الكنبة وعيناي لا تحيدان عن ذلك الخط الذّبابي الأسود:

الأستاذ راجح سليمان
7 شارع الجمهورية
<< ن >>

عجبا! من أين أتت هذه الرسالة؟ كأنني أعرف هذا الخط. كأنّني أعرفه جيدا. خط من هو؟ يا إلهي! أكاد أجنّ. لا أريد أن أصدّق. كلاّ ...كلاّ... هـذا غـير مـعقول. مـاذا يـعني؟

إنّني لا أفهم. أم ...لعلّني لا أريد أن أفهم؟ نعم. لعلني...أخاف أن أفهم...مهلا... مهلا... لنفتح الرسالة أولا. سوف أتأكد الآن من كل شيء. نعم. لنفتحها. أشعر بخوف مبهم. كأنني مقدم على عملية خطيرة. حدس ما يجعلني أعتقد أنني على وشك اكتشاف سرّ رهيب. يا للسّماء! أعنّي يا إلهي.

وبأصابع مرتعشة، فتحت الرسالة...
وقرأت:

ن

أيها السيد العزيز...

لا شكّ أنك الآن تعلم كل شيء تقريبا. ربّما بقيت هنالك بضع نقاط غامضة...كان بإمكانك أن تفهمها لو تكرّمت و اشتريت الرزنامة من ساعي البريد . لكنك رفضت كما كنت أتوقع. لذلك لن تجد في هذه الرسالة سوى ما أردت أنت نفسك أن تجد. أمّا الحقيقة فهي في مكان آخر. ولقد أفلتّ عنك فرصة معرفتها بصلفك و بخلك مرّة أخرى... لكن لا علينا. فهذا أمر يهمّك في النهاية. و هذه الرسالة ليست غايتها شتمك أبدا. أرجو أن تعتقد ذلك حقًّا... هل تذكر أنّك قلت لي يوما إنني مجرد فكرة، و أن هذه الفكرة هي من نسيج خيالك أنت، و أنني مهما ركضت شرقا و غربا ، شمالا و جنوبا ، فلا بدّ أن أعود إليك في النهاية؟

إذن... هـأنذا أفعل. لكن ليس بالطريقة التي كنت تتصورها. نعم. ربما كنت فكرة كما كنت تقول. ربما كنت وهما. وهمك أنت أو وهم غيرك، لا يهم ! إنما المهم هو

143

أنني في هذه الآونة بالذات لا أشعر أبدا أنك تقيدني. لا
أشعر بأي نوع من الرّوابط إزاءك . بل أنني —سوف أكون
قاسيا ربما... لكنها الحقيقة —لا أشعر أبدا أنني ملك
أي إنسان...

لقد تحققت الصورة أيها السيد العزيز. و ما كان
وهما أصبح واقعا. هل تفهم ما يعني هذا؟ أخشى أن لا
أكون قد حددت جيدا معاني الأشياء. غير أن كل تحديد
هو نوع من القيود أيها السيد...لذلك تراني أبتعد عنك،
كما أبتعد عن التحديدات، و القواميس ، و النواميس، و
اللغات. لأنني— لقد فهمت الآن، أليس كذلك؟ — تحولت
إلى إنسان ! بكل ما تعني هذه الكلمة من حرية و تحقيق
ذات.

أخشى مرة أخرى أن لا أكون دقيقا في تحديد
معاني الكلمات التي أستعملها، إذ... أن كلمة إنسان
على سبيل المثال يمكن أن تؤدي معاني مختلفة بالنسبة
لكل منّا . فما تفهمه أنت منها ليس هو بالضرورة ما
أفهمه أنا. و الشيء ذاته يمكن أن يقال عن الحرية، و عن
كل المفاهيم و التصورات الأخرى...

ورغم هـذا، فـأنا آمل أن تفهمني عـلى الأقل حـين أتحدّث عن شـيء يسمّى الـحب، ولو أنّـني غير واثق من ذلك أيضا، لأنّني غير واثق من كونك أحببت أو تحبّ على الإطلاق.

قـد يكون هـذا بـالـذات — الـحب — هـو الشيء الـوحـيد الـذي يمكن أن يـربـطنا ... أي الـذي يـمكن أن يجمعنا على فهم واحد... لأن الحب هو الرّابط الأسـاسـي بين البشر جميعا. إنه على الأقل ما يجب أن يكون. لكننا نـعيش عـلى الأرض. و أنـا رجـل بـلا أوهـام كـثيرة. لـقد تجاوزت سنّ الوهـم. غير أن الحب لا يعترف بالسّن كما قـد تعلم. وهـو لا يـعترف بـالـحدود أيـضا. لذلك أرى مـن الـضروري أن أعـلمك أن الـحب هـو حـريـتي . وهـو الـذي يجعلني قادرا على تجاوز كل شيء و اختراق القوانين و المقدسات و تحطيم كل الأصنام و الحواجز التي تمنعني من تحقيق ذاتي فيه.

هـل فـهمت الآن أيـها السيد العزيز لماذا تحطمت الصورة التي صـنعتها أنت ؟ هـل فـهمت الآن سر هذه القوة التي تسكنني؟ وهل فهمت معنى أن أقول لك : "إني

أحب" ؟ هـل تـريد الآن أروي لك قصتي مـع هـذه المرأة التي حقّقتني، و جعلتني أفلت من أسرك؟ جعلتني أشعر للمرة الأولى في حياتي الشبحية أنني موجود بالفعل، و أنني لست مجرد صورة كما أردت لي أنت أن أكون.

لن تصدق أبدا هذه القصة. لأنها أغرب من كل الروايات التي كتبت و لم تكتب. إنها " الصدفة" التي لم تؤمن بها يوما.

" الصدفة" التي تغير مجرى حياة رجل — مهما كان وهما!...مهما كانت قوة الروائي... مهما كان عقله باردا!...—في لحظة يغيب فيها الزمن و السجان لتنفتح أعماق الهوة المتسعة للّامحدود ...

إنه مـا لا يقال يا سيد راجح. هل فكرت يوما في مـا لا يقال، أيها الناقد الكبير؟ كلاّ ! أرجو ألا تغتاظ مني، لأنني لا أنوي استفزازك أو السخرية منك. حقا ! ليست تلك غايتي، و إلا، مـا كنت أتعبت نفسي و كتبت إليك. أردت فقط أن أكون صريحا معك رغم كل شيء، حتى يزول سوء التفاهم بيننا. لأني أعلم أنك اعتقدت في وقت مـا أنني غير قادر على الحب...مثلك !..و أنني مصنوع

من نفس الطينة و مطبوع القلب بالحجارة الخاتمة قلبك...

و لأنـي أعـلم أنـك اعـتقدت فـي يـوم مـا أنـني نـوعٌ مـن الشيطان الذي لا يعجز عن شيء، و الذي يقدر أن يحول التراب ذهبا لو أراد. نعم ! شيطان !...بلا قلب، مستعد لإشـعال حروب و إراقة دماء و إحراق بلدان بأسرها فـي لعبة ورق . شيطان لا يقبل الخسارة، لأنه جبل على الربح و الانتصار وكسب جميع معاركه. نعم . و أنت مصيب إلى حد كبير في هذا الاعتقاد . لقد فعلت ذلك حقا. ولم تكن أسفاري و رحلاتي عبر العالم إلا من أجل ذلك. من أجل أن تكتب أنت الروايات و تكسب المال و المكانة المرموقة في مـجتمع اللـصوص. نـعم. إنك تكتب بـؤس هـؤلاء الأبـرياء الذين أحرقتهم بنفسك، لتسكب دموع التماسيح عليهم، و تتظاهر بالشفقة و التعاطف معهم. ما أنت سوى تمسـاح آخر يا سيد راجح. و أنت تعلم ذلك جيدا ... أليس كذلك ؟

لا تـغضب. لأن الـغضب لا يـزيـل الـحقائـق، بـل يـقنعها بـقناع آخـر غـير الـدمـوع و الـشفقة. إنـي أكره شـفقتك يـا سـيد راجح. لأن الأغبياء فـقط يصدقون. أمـا عني...فلقد تخلصت من أكثر الأوهام التصاقا بالصّورة.

لم يبق سوى الحب... نعم. و أنت تعرف أنه ليس وهما آخر. كلاّ. و حتى لوكان كذلك فأنا مؤمن به كحقيقة أقوى من كل ما جعلتني أؤمن به من قبل. نعم. حتى لو كان الحب وهما أيضا فهو وهما يشذّ عن اللعبة، لأنه يحطمها حين يكشفها. هل فهمت الآن السر يا سيد راجح ؟

لا أظنك تفهم !

فأنت تبقى بعيدا عن الحب في عالمك الصغير المتلاشي. تبقى ضائعا وراء أحلامك و سراباتك. راكضا وراء طموحاتك التي لا تنتهي. أخيرا... يجب أن تعلم ما لا بد أن تعرفه في يوما ما. سوف أقوله لك الآن. أعرف. لن يؤثر ذلك كثيرا أو قليلا في مجرى حياتك...لن يغيرك. لن يجعلك ترى الأشياء بعين أخرى... لأنك ولدت هكذا، و نشأت على ما أنت عليه من قسوة و أنانية. و ستبقى كذلك إلى النهاية. ستبقى تعتقد إلى الأبد أن العالم كله مجرد حلم. هو حلمك أنت. تكيفه كما تشاء ، وتخضعه لقدرتك. لا شك أنك روائي موهوب يا سيد راجح، وناقد نافذ البصيرة. لكن لن ينفعك كل ذلك اليوم لأن الحب ابتعد عنك أيها الغبي... و اغفر لي الكلمة... إنه ليس

ن

خطئي. بل هو خطأك أنت. فوقاحتي أيضا من صنعك.

إن غرورك الصلف و أنانيتك المفرطة جعلت زوجتك التي أحبتك إلى حد الضياع و التلاشي فيك تهرب منك... و ترحل عن الجحيم الذي أسكنتها بين أسواره. ومع من ؟ لن تتصور ذلك أبدا. وليد الأرض... الإله أو الشيطان كما سميتني. لكن لا شيء يهم من كل ذلك الآن...لقد تغير كل شيء.

أليس كذلك؟ لا أظن أنك نادم على ما أفرطت. لأنك لا تزال في غيبوبتك بعد. سوف تفيق. لن تجد من حولك أحدا. لن تجد سوى القسوة التي أردتها... و البرود...والموت...لن تجد سوى الموت في انتظارك...أيها الشبح. أما ريم...أما أنا...فلقد تحررنا منك...

مع أخلص تمنياتي بالنجاح لروايتك...

وهمك المتحقق

وليد الأرض

يا إلـهي ! لـقد وقـع مـا كنت أتـوجس وقوعه. إنـه شـيء فظيع! لا أكاد أصدق. كيف يمكن؟ ريم ... مـع وليد الأرض؟ ريـم تتركنـي لتهرب مـع هـذا الوهـم؟ هـذا ... الشـبح؟ إنـه شـيء سـخيف ! كيف يمكن لهذا أن يحدث؟ كيف يمكن؟ إنـي لا أفهم. لا أفهم. و البطاقة التي أرسلتها ؟ ماذا تعني إذن؟ أحبك... قالت ! ما هذا الحب الأحمق؟ تحبني و تهرب مع ... مـع ... رجل لا يحمل من البشر سـوى الاسـم؟ إنه فكرتي. فكرتي أنا . أنا الذي صنعته. لقد خانني النذل . هرب مـع زوجتي. حبيبتي. أعز ما لدي. أوه !.. إني أبالغ حتما. و لكن ... مـع ذلـك ! هـي أيـضا خـانـتني. لا أسـتطيع التصديق. كلا. لا أستطيع. لا أستطيع. هـي أيـضا وهـم. نـعم .نـعم. وهـم . مجـرد وهـم. لكن...لكن... لا، غير معقول ! لقد عاشت معي سـنوات طـويـلة. لـم نـكن نـتفارق فـيها...

إلا...القليل النادر...كلاّ! أنا الواهم. هذه المرأة لم تحبني يوما. لقد كانت تخونني منذ البداية. أنا أيضا كنت أخونها. و الآن... لماذا لا أصدق أنها هربت مني؟ هذه أشياء تحدث كل يوم في كل مكان. إنها أمور عادية تماما. بل تافهة. مبتذلة. امرأة تترك رجلا لتسافر مع صديقه أو قريبه أو حتى مع عدوّه الألدّ!.. و بعد؟ لست أول رجل تتركه زوجته، ولست آخرهم. إذن... لماذا أتحسر؟ ولماذا أوهم نفسي بأنني أحببتها؟ ربما!...ربما وقع ذلك في يوم ما... و بعد؟ الحب! ما هذه الخرافة؟ إنها قصص للمراهقين. لعبة أخرى. وهم آخر. لكن...أن يقع فيه وليد الأرض !... هذا ما لا يمكن تصديقه. هذا الرجل كاذب حتما. لكن لماذا كتب إلي هذه الرسالة إذن؟ يبدو فيها صادقا إلى حد الوقاحة. كلا!.. إنه شرك آخر...فخ لن أقع فيه. لا بد أنه يحضر شيئا ما . إنه خطير! من يعلم ماذا يكون بدماغه

الآن؟ في آخر مرة كما أذكر، أقنعني أنه مسافر مع رئيسي لحضور حفل زفاف ملكي في أوروبا. و إذا به، على عكس ما كنت أتصور، يشارك مع جمع من المتمردين في قلب نظام حكم بلد إفريقي تربطنا به أشد أواصر الصداقة ! إنه كذاب و مراوغ. يجب ألا أصدقه أبدا. أعرفه الآن جيدا... يقول شيئا و يفعل شيئا آخر. كيف يمكن أن أسيطر عليه؟ إن ألاعيبه لا تنتهي. لقد استطاع في بضع سنوات أن يربط علاقات مع أبعد الناس عني. إن أصدقاءه أولاء هم من نوع المجرمين الدوليين الذين لا يعترفون بقانون سوى قانونهم الخاص. إنهم يقتلون إنسانا كما لو كان ذبابة . و كلهم من نفس الطينة... مغامرون و مقامرون و أفاقون و مرتزقة و إرهابيون محترفون. كيف يمكنني أن أتفاهم مع رجل يخالط هؤلاء النّاس؟ من يدري؟ ربما كانوا يخططون الآن بعض مشاريعهم

الجهنمية. بل... كيف لم أفكر بهذا من قبل؟ نعم، طبعا! يا إلهي! ريم. ريم التي سافرت منذ ما يقارب ثلاثة شهور. هل...هل اختطفوها؟ الأنذال! نعم. كيف لم أفكر بالأمر قبل الآن؟ و دون ذلك، فكيف أفسر اختفاءها؟ لقد كتبت لي منذ شهرين بطاقة بريدية. قالت إنها تحبني. و قالت إنها على ساحل الأطلسي. ماذا تفعل هناك؟ ثم... هذه الرسالة التي وصلتني من وليد الأرض الآن... ماذا يعني بقوله: "النقاط الغامضة" ؟... و الروزنامة ؟ أية روزنامة هذه؟ و كيف علم أنني أشتريها من ساعي البريد؟ ثم ماذا يوجد في الروزنامة؟ و ...كلماته: " لن تجد في هذه الرسالة سوى ما أردت أنت نفسك أن تجد. أما الحقيقة فهي مكان آخر..." ماذا يعني بها؟ ربّاه! أكاد أجن. يجب أن أعرف الحقيقة. يجب أن أفهم. ماذا أفعل؟ ماذا أفعل؟ آه!... نعم، فعلا، هذه فكرة مدهشة ! الآن. يجب

تنفيذها الآن. لأخرج بسرعة. يجب أن أجد ساعي البريد الذي أتاني بالرسالة. نعم سوف أذهب إلى مركز البريد و أسأل عنه هناك. ولكن أحرى بي أن... يا إلهي ! لماذا؟ لماذا لم أشتر تلك الروزنامة؟ يا لبلاهتي ! ولكن، من أين لي العلم؟ لم أكن لأعرف أن تلك الروزنامة اللعينة تحمل لي الحقيقة. أيّ بؤس هذا! ولكن...لأخرج مع ذلك. يجب أن أجد ساعي البريد، مهما كان الثمن. نعم. يجب أن أجده. بسرعة. يجب أن أجده.

***

خرجت.

كان المطر يتساقط. الشوارع مبللة. الناس مسرعون. المدينة تومض. لحسن الحظ أن اليوم سبت، و أنا لا أشتغل. رأيت تاكسي آتية من بعيد. أشرت إليها. توقّفت. ركبت. قلت

للسائق: خذني إلى مركز البريد... بسرعة من فضلك. لم يجبني.

ومضت السيارة تشق بنا الشوارع التي ازدحمت بالناس والمظلات، رغم المطر الذي اشتدّ. كيف سأسأل عنه؟ ليس لدي أية فكرة. سنرى ذلك. المهم أن أجده، مهما كان الثمن. المسألة تتعلق بحياة أو موت زوجتي. صحيح أنني لا أحبها. وبعد؟ هذا لا يعني أن أتركها بين أيدي عصابة من الإرهابيين. لماذا اختطفوها؟ سوف يطالبون بمبلغ مالي مقابل إطلاق سراحها. ولكن لماذا لم يفعلوا بعد؟ الرسالة غير واضحة. هناك إيحاءات غامضة. لكنها ليست واضحة. الأنذال! انهم يعلمون جيدا أنني فقير. من أين لي دفع الملايين؟ كان أجدر بهم أن يختطفوا زوجة رجل أعمال ! هل هم أغبياء إلى هذا الحد؟ يجب أن أبلغ البوليس آه ! كلا. كلا. ربّما قتلوها لو علموا بذلك. إن لهم جواسيس في كل مكان. من

يدري؟ ربّما كان مفوض الشرطة واحدا منهم. لا، بل ... نعم، طبعا! السّاعي ! آه! أين كنت سأرمي بنفسي؟ يا إلهي! طبعا ساعي البريد واحد منهم – كلا. كلا... هذه حماقة. لو أكملت بهذه الطريقة سوف أشك في كل الناس، حتى سائق التاكسي نفسه. و ما أدراني؟ ربّما...ربّما... ووجدت نفسي أقول للسائق :

— توقف، توقف هنا. لقد وصلت.

التفت إليّ باستغراب:

— و لكن مركز البريد لا يزال بعيدا...

وبلهجة قاطعة قلت له :

— توقف قلت لك، هنا.

و أذعن.

أعطيته أجرته، و نزلت بسرعة.

***

المطر ينهمر. الشوارع مبللة. الناس مسرعون. المدينة تومض. و أنا أسير تحت المطر. بدأت الأفكار تتّضح. ليس هناك أمتع من مشية تحت المطر لتوضيح أشدّ الأفكار التباسا و غموضا. لن أذهب إلى مركز البريد. لن أذهب إلى مركز الشرطة أيضا. إنّي لا أثق بأحد. يجب أن أستعمل تكتيكا آخر. مهلا، مهلا، يا أستاذ راجح. ما الذي يجعلك تعتقد أن وليد الأرض اختطف ريم؟ طبعا ، يجب أن أطرح هذا السؤال. ماهي مبررات الجريمة؟ المال؟ غير معقول. أنت لست روكفيلر. الانتقام؟ غير معقول أيضا. ثم...ممن ينتقم؟ منها أم منك؟ آه ! فهمت الآن. طبعا، طبعا! لماذا طلب مني مرة أن أطلقها؟ كلا. لم تكن تلك هي المرّة الأولى. مممممممممهه! الوغد! لقد أصرّ على ذلك. أذكر جيدا. هل كانت هي على علم؟ هل كانا متفقين؟ و لم لا؟ جائز...يجب الاعتراف

بذلك. إذن... إذن...أتكون حقا هربت معه؟ الخائنة ! الرسالة صحيحة إذن. و مع ذلك...ما زلت أشك في صدقه. طبعا، لماذا أصدقه؟ ولكن ، لماذا أكذّبه أيضا؟ هل يكون عاشقا هذه المرة؟ إرهابي يعشق؟ لا يمكن تصديق هذا الكلام. إنه بلا قلب. أنا أعرفه جيّدا. إن الذي يقدم على مثل أعماله الإجرامية لا يستطيع أن يحبّ. قطعا! لا يستطيع. كلاّ. دعنا من الهراء. إنه إنسان ككل النّاس. ما الذي يمنعه من الحب إذن ؟ إنسان؟ ماذا تراني أقول؟ لا . هـأنذا أخرف جهارا. إنسان. بلى، بلى. كلا، إنه ليس إنسانا بالمرة ...أوه! ... أكاد أجن. إنسان أو شيطان، ماذا يهم بحق الله؟ ليست المسألة هنا. إذن...هي في مكان آخر. أين يوجد هذا المكان؟ يجب أن أجد المسألة. نعم. يجب أن أجد مكانها. و بسرعة.

سوف أعود إلى مخطوطة الرواية. يجب أن أكتب. لكن كيف يمكنني الآن أن أركز أفكاري؟ لقد ضاع منّي وليد الأرض. أردت كتابة شيء عن حياته، لكنه لم يرض بذلك. فرّ، وتركني لسراباتي. هذا التّيه العجيب. أحسّني مسكونا به لا أزال. كيف اعتقدت لحظة أنه سيذعن لطلبي؟ إنه أقوى بكثير مما كنت أتصور . إنه أقوى بكثير. الآن أعرف. إنه ليس كسائر البشر. و مع ذلك فأنا لم أقطع الأمل منه. لا بد أن يعود في النهاية. و بالانتظار، أجدني وحيدا، بائسا. ريم رحلت، و تركتني. إنني حزين. حقاً! لماذا أشعر بهذا الحزن؟ غريب ! هل أحبها ؟ لا .لا. أنا لا أحب أحدا و لا أكره أحدا. إني لا أكترث. تماما. بارد كالثلج. و مع ذلك... أحسّ هذه المرة أنني وقعت. الحب شيطان آخر. إنه اللاّ متوقع. ما لا يحسب له حساب. لماذا تفجر الآن؟ أين كان

هذا الحب من قبل ؟ بل ...أين كنت أنا حتى لا أشعر به سوى الآن؟

عجيب ما يحدث لي. ماذا أفعل؟ لنرتّب أمورنا.

أولا، سوف أعمل قهوة، ثم أرى...

طفقت أدور في البيت. الحجرات فارغة. و مع ذلك أشعر بها هنا. إنها حاضرة. أكاد أشم عطرها. ذلك العطر الغريب. كلما تنشّقته أحسست أنني أتحول إلى طائر أسطوري. طائر أسطوري ؟ أية بلاهة هذه؟ إني لم أعد أعرف ما أقول. كلا. الأشياء أعنف من ذلك بكثير. هنا، على هذا السرير كانت تنام. هنا عانقتها. وعلى هذه الكنبة كانت تجلس ساعات طويلة تقرأ أو تهذي. كان هذيانها يسحرني. كانت تقول...كانت تقول... لم أعد أعرف ما كانت تقول... أية أهمية لذلك الآن؟ أية أهمية؟

لقد رحلت و انتهى الأمر. ماذا تعني كلمتها: أحبك...إذن؟ ماذا يعني أن تحبني ريم؟ بل ماذا يعني أن تحبني أية امرأة كانت؟ لعبة. إنها مجرد لعبة. لا أكثر و لا أقل من ذلك. كل هذه الحماقات لا تهمني. الحب و الغيرة و الزواج السعيد و الأبناء و المال و الأوهام. أنا أيضا وهم. و المدينة وهم. و العالم وهم. وهم. وهم. وهم...

أحسني مجتاحا بالدمار. أحس الموت يفترسني. إنّي على وشك التّحول إلى مسخ. على وشك التّحول إلى وحش. سوف يأتي الخراب. سوف تأتي النّار لتطهّر كل شيء. كل شيء. كل شيء. إن أسرابا من الوطاويط تتهيأ للقضاء على كل أوهامنا. و الأرض بأسرها سوف تنشق كالبيضة بمفعول الغازات السّامة. إنهم سيأتون من هناك. من السّماء. سوف يجتاحون الأرض. سوف يحكمون

بالحديد و النّار. لن يستطيع أحد الخلاص منهم. لن يستطيع أحد الخلاص. أية أهمية إذن لكل ما نعيش؟ وهل يهم أن تهجرني امرأة واحدة بينما الأرض بأسرها و البشرية قاطبة مهددة بالانقراض؟ أية أهمية؟ ... يورانوس. بلوتو. ساتورن. الشمس السوداء. القمر المغزو. الكواكب متواطئة. مؤامرة على الأرض. مؤامرة على الأرض. مؤامرة على الأرض.

ووجدت نفسي أسير تحت المطر و السحب تزحف نحو الشرق و الظل يمتد على المدينة و الناس مرايا تعبر مرايا الليل و الشمس فحمة مطفأة في حجرة النار و البروق تومض و الرعود تشق صدري مثل خناجر ذات أنصال من الريح و أنا أسير و أسمع الحيطان تتشقق و الأشجار تزحف و الطيور تفر نائية بصغارها نحو أقطاب النور المتفجر في غابات لا ترى و إلى أين إلى أين أقصد

وهذه القرقعة المخيفة تتنامى كأن آلاف الطبول تدُقّ و كأن آلاف الناس يصرخون في لحظة جنون و كأن الدنيا تنطبق و السّديم يفتح مهاويه ليبتلع الكون و كأن الحياة و الموت يتعانقان و يسيران في طريق واحدة نحو البؤرة المنفتحة ووجدت نفسي أبحث عن اليد التي سوف تمتدّ لإنقاذي من الجحيم اللاّ إنساني غير أن اليد لم تمتد و العيون التي كنت أنتظر و الوجوه التي كنت أترقب لم تأت و لم تأت ريم و لم يأت وليد الأرض و لكن الأرض كانت تدمدم و تقذف بألسنة اللهب عاليا نحو السماء المتوقدة بآلاف البروق الممزقة صدر الليل الأعمى فكأني أعود من الموت إلى الموت و كأن المدينة المترجرجة تحت القصف مازالت تجد في تلك اللحظة القوة لتحملني أرصفتها فإذا بي أسير لا أعرف إلى أين أقصد غير أن البحر كان يومئ من بعيد و كان الساحل الألماسي الأسود يهذي محموما و يعانق

أطياف الظّلام و انعرجت مع الشارع الأخير
كأن الزمن يعود بي إلى لحظة نزقة و كأنني
أدخل حلما مزروعا بالكواكب وكأن الكواكب
تنهرني و أمر بين صفين من النمور ذات
العيون الفسفورية المتوقّدة في العتمة
الأسطورية و الشيخ ذو اللحية البيضاء
الطويلة يتقدّمني حاملا آنية يتضوع منها
الصندل المحترق و الآفاق تصطفق و الريح
تزغرد و أمواج البحر تتراكض فوق الصخور
المستخضرة و أنا أطير بجناحين عظيمين و
قد تحولت إلى نسر عملاق تنحصر الدنيا بين
عينيه و الليل لم يكن ليلا و الصبح لم يكن
صبحا و الشّمس السوداء تنزل أدراج المعبد
في فم النمر و تقتعد العرش السماوي و
أحدق جيدا في عينيها و أضيع و الشيخ
يتقدمني مهللا و البخور يتضوع من المجمرة و
النجوم تولول و المرأة المتبوئة العرش تنظر إلى
وجهي ذي المنقار المعقوف و تقول بسم الله

تقدّم أيها النسر المسحور حتى يتحقق النذر الموعود و بسم الله لا تتراجع عن بطني و لا تغمد خنجرك في صدري و لا تفتح في قلبي داموس الليل المترامي في طرف النّصل و بسم الله املكني و تقدم ألبسك و تكون رداء الملكوت الممكن حتى نتوج هذا العرش الكوني بدم مشروع و لتدنو الأبراج و ليختم برق مجنون جسدي و جسدك الملتحمين وسط العاصفة و ليضحك أموات المقبرة و ليتنامى الكون المولود من خطوتنا بين مجرّات الذّهب الوهاجة و لتطلع ألسنة النار الأزلية من قلبينا المشتعلين حتى أسوار المملكة الغائبة بين الإسم والطلسم. قالت و تدانت مني و صعدت الدرج و الشيخ يتقدمني و يهلل و الصندل يتضوع و الآفاق تزغرد و الريح تصفّر في أذني و البحر يموج في صدري و الظلمة تلتهب بالأطياف و رأيت النمور تقف و تلتمع عيونها و سمعت آلاف الطبول تدقّ و كأن الغابات انتقلت من

قاراتها و جاءت تزحف بقبائلها و أشجارها
جاءت بالإسم و بالطلسم و عرفت الجالسة
على العرش و صرخت و لم يخرج من حنجرتي
صوت و أنا أدنو منها و أمد يدي إليها و أقول
تعالي أيتها الملكة و تعالي يا سحب، يا أبراج،
و يا شهب، يا سماوات تعالي يا أفلاك و يا
آفاق و يا ريح و يا نار تعالي و تعالي يازلزلة
و يا دمدمة ويا رجرجة و يا قصف تعالي يا
مدن و يا أرياف تعالي يا غابات و ياحيوانات
و يا وديان و يا أبدان تعالي و تعالي يا مملكة
الإسم و الطلسم و يا أرض تعالي و تعالي
وتعالي و أفقت أسير تحت المطر و السحب
تزحف نحو الغرب و الظل يمتد على المدينة و
الجدران مرايا ووجهي يتراقص في الماء
النازل من نهر الأزل و أنا أجر قدمي فوق
الأرصفة و عيناي تجوسان الإسمنت الأسود
في الحجارة و تعودان إلى وجهي السّائل في
البرك جداول و أنا أسأل أتساءل أين أجد

المفتاح و ريم لماذا تركتني و أبكي لماذا أحبها و لماذا الموت الآن لماذا العيش الآن لماذا الأنوار مطفأة و لماذا الأبواب مغلقة و لماذا الناس مرايا و لماذا الجدران اشتعلت بالليل ولماذا الليل بلا نجمات أين دليلي و أين أضعت القلب و أفقت أسير تحت المطر كأن العاصفة لا توجد إلا في رأسي و كأن الريح لا تنتحب سوى في لحمي و كأن الرعد لا ينقصف إلا في جسمي و كأن اليد التي كانت ستمتد لإنقاذي قطعت وكأن الآفاق اصطفقت و الدنيا التهبت بالنار المجتاحة عقلي و أنا أسير تحت المطر و السحب تزحف نحو الشمال و الليل يمد رداء رهيبا فوق المدينة و الطيور فرت جميعا و لم يبق في الأشجار سوى الولولة المجنونة و على الجدران تلتمع إشارات مبهمة و شددت الخطو و أسرعت دافعا جسمي و سط المتاهة منتظرا دليلا واحد يرشدني إلى الحياة ويخرجني من سراب الموت.

جاؤوا في الفجر .

طرقوا الباب طرقات عنيفة. انتزعت نفسي من الفراش. تحركت نحو الباب حركات آلية. كنت لا أزال دائخا أو نائما أو مخدرا... أو ...ما يشبه ذلك . لا أعرف. فتحت.

دهشت لرؤية المسدسات الموجهة إلى صدري. لم أفه بكلمة. لم أجد ما أقول. كانت وجوههم نصف مقنعة بنظارات سوداء كبيرة. كانوا أربعة.

- أنت راجح سليمان؟

همهمت : نـ...نعم

- خذوه.

و في لحظة، وضعوا على عيني حجابا. و في الظلام، قيدوا يدي. و ساقوني إلى عربة، دفعوني على المقعد. لم أقل شيئا. لم أر شيئا. فقط ...سمعت محرك السيارة يدور. كنت في طريقي إلى المجهول... مع الوطاويط.

نهاية النهايات
وخاتمة الخواتم

هشام القروي

هـأنذا أعود إلى هـذه المدينة "الغريبة". مدينتك أنت يـا راجـح. أعود كما كنت تتوقـع. رغـم أن الـصورة الـتي وضـعتني فـيها غـير حقيقية. هـل تعلم ذلك؟ لكن أنـى لك أن تعلم الآن، و أنـت فـي القبر؟ أسـفا ! لقد كـان كل هـذا خطأً مـن البداية. لقد كانت البداية زلة خارج القوانـين و النواميس. وهـا أنـا أجـيء لأصـحح مـا أمكن إن قدرت . كلاّ. إنـي لسـت شيطانـا و لا إلاهـا يـاراجح. مـا أنا إلا بشر ككل البشر. ضـعيف مثلهم، وقوي مثلهم. و لا شـيء يـفرقـني عنهم سـوى الوهـم الذي كان بيننا.الوهـم الذي نسجته أنت بيديك، و أقررتـه شريـعة وحيدة. غير أنك أخطأت، و لن تـعرف ذلك أبدا.

أسفا! لأن ما تصورته أنت معقولا كان هو اللا معقول ذاته. و ما تخيلته أنت جنونا كان هو العقل. لا أريد أن أقسو الآن و قد انتهى كل شيء. ولم يبق بيننا سوى هذه الصلة الخفيّة التي لا يعرفها أحد. حتى ريم نفسها، صديقتنا و حبيبتنا الوحيدة. ريم التي تخيلتها وهما آخر، لأن حبها كان يعذبك، و لأنك لم تكن لتعترف به لفرط أنانيتك و كبريائك. ترى! ما الذي وقع حتى تفرط في ريم يا راجح؟ ما الذي وقع حتى تهجرها و تتركها ضحية أخرى من ضحاياك ؟ و لماذا فرضت على نفسك تلك العزلة القسرية؟ و إلى أين تاهت بك خيالاتك و سراباتك يا صديقي المسكين؟

آه، لو تعلم يا راجح كم أحببتك ريم. لو تعلم كم كانت شغوفة بك و مولعة. آه، لو تعلم كم أحببتك أنا أيضا، رغم كل ما فرّقنا. رغم

السنوات الصعبة التي عشنا ، و رغم الآلام، و العذابات... لو تعلم...

لن يفيد الآن البكاء. امسحي دموعك يا ريم، وتعالي أضمك إلى صدري. سوف تجدين العزاء لدى هذا الصديق الذي حلّت به اللعنة. أعرف . لن أقدر أبدا على تعويض زوجك وحبيبك. أعرف ذلك. لن أقدر أن أمنحك ما كان يمنحك هو دون غيره. لأن الإنسان لا يعوض ، و لأن الفراق صعب . و الموت أشد ما يحلّ بالإنسان مهما بلغت قوته، و مهما كان تعنته، ومهما طغى و استكبر.

يبقى الموت حقيقتنا الوحيدة، و مآلنا جميعا. لكن تعالي يا ريم. لأن طعم الموت يجب ألا ينسيك طعم الحياة، التي يجب أن تعاش كما هي. و لأن مجرد الوجود لذّة ليس أعظم منها لذّة.

أترين يا ريم ؟

إن الشمس تنير الأرض و السحب تتناءى مع الريح إلى قارات أخرى. العصافير تتوثب في أعشاشها، و الناس يتهيئون لبداية يوم جديد. الحياة تتواصل رغم الموت و الحروب و الكوارث. لا شيء تغير، و الكل في سيلان و تدفق. ذاك هو سرّ الكون، يا ريم. لن يستطيع الموت أن يوقف الحياة أبدا. لن يستطيع. لأن النهر الزمني لا ينضب و لا يتعب . إنه الحب . تلك هي العظمة. و ذلك هو السر الذي بحث عنه راجح دون أن يجده.

لقد كان أعمى، لأن الحب لم يكن بعيدا عنه. لكن كيف يمكن لمن طمس قلبه أن يرى جمال الحب؟ و هل يمكن للأسير أن يرى في زنزانته غير السجن؟

تعالي يا ريم ...

سوف آخذك بعيدا عن هذه المدينة التي تذكرك بالموت. سوف أنسيك إن استطعت سنين الألم و العذاب الطويلة. تعالي يا ريم...

هـا هـو البحر يومئ إلينا ، لنبتعد مـع لجاتـه و نغيب في خط الأفق المرتعش.

إنه نهار آخر...

أمـا أنت أيها الصديق الذي يواريه الآن التراب، فلتبقى نـائـما بسـلام. ربـما وجدت في الموت مـا لم تجده في الحياة. ربـما لقيت الآن الراحة التي لم تلقها من قبل.

سـوف أحقق الحلم الذي كنت تعيش من أجـله. سـوف أكـمل الـروايـة الـتي شـرعت في كتابتها، و أنشرها تخليدا لذكراك...

***

فعلا، لم يبق سوى هـذا. أي وغد هذا الرجـل! إنـه مـجنون بـلا أدنـى شـك. هـكذا بسرعة. قتلني، ودفنني، وورثني، وراح يـحقق حـلمي... و كـأن هـذا لا يـكفي، شـرع يـغازل زوجتي جهارا أمام عينيّ. سوف أقتله. أقسم بالله العليّ العظيم...لأقتلنّه، و أريح البشر من شرّه.

يا وليد ...يا ابن الكلب !

أيـن أنـت أيـها الـنذل؟ أيـن تختبئ يا أحقر الحقيرين؟ لا بد أن أجدك في النهاية. لن تفلت مني. أقسم لك. و آنذاك سوف تدفع الثمن غاليا...

ترى، أين ذهب؟

لقد كان هنا منذ لحظة. وجدته أخيرا بعد عناء و عناد. و اتفقنا أن يجلس معي على الأقل أربع ساعات في اليوم لأكتب هذه الرواية و أخلص منها. إني لا أريد أن أسجنه. فأنا لا أطلب الكثير بعد كل حساب. وها هو يختفي مرة أخرى...

لا سبيل إلى الراحة ما لم أنجز عملي. لقد وعدت الناشر بتسليم المخطوطة في أواخر الشهر. ماذا أفعل الآن؟ ماذا أقول للرجل؟ لن يصدقني بعد الآن. آه للوغد! أنا متأكد أنه فعلها عمدا لإفشال مشروعي. إنها حيلة أخرى من حيله الشيطانية. آه! لقد جاوز الحد هذه المرة. لن أسمح له أبدا. لن أسمح...لكن...يجب أن أفكر الآن في طريقة للخروج من هذه الورطة. لا بد أن أجد في النهاية، وسيلة. لابد أن أجد...

***

ن

هذا الصباح، سلمني ساعي البريد طردا كبيرا. و حين فتحته، وجدت هذه المخطوطة التي كتب عليها بحروف كبيرة:

ن

مثل نيكروبوليس

و مع المخطوطة بطاقة تقول:

لا جدوى من البحث عن وليد الأرض...لأنه مات في هذا الفجر...إعداما.

الإمضاء : عصابة الوطاويط

تونس . فيفري (شباط) 1982 (للطبعة الأولى)
الدوحة/باريس. أبريل 2015 (للطبعة الثانية)

ن

الفصول

هشام القروي